朱成玉

|散|文|精|选|集|

一颗心的天籁

朱成玉 著

金城出版社
GOLD WALL PRESS
·北京·

图书在版编目（CIP）数据

一颗心的天籁/朱成玉著. —北京：金城出版社有限公司，2020.11
（朱成玉散文精选集）
ISBN 978–7–5155–1990–6

Ⅰ.①一… Ⅱ.①朱… Ⅲ.①散文集－中国－当代 Ⅳ.①I267

中国版本图书馆CIP数据核字（2020）第003938号

一颗心的天籁

作　　者　朱成玉
责任编辑　丁洪涛
责任校对　王秋月
责任印制　李仕杰
开　　本　700 毫米 ×960 毫米　1/16
印　　张　17
字　　数　150 千字
版　　次　2020 年 11 月第 1 版
印　　次　2020 年 11 月第 1 次印刷
印　　刷　天津旭丰源印刷有限公司
书　　号　ISBN　978–7–5155–1990–6
定　　价　39.80 元

出版发行　**金城出版社有限公司**　北京市朝阳区利泽东二路 3 号
邮编：100102
发 行 部　(010) 84254364
编 辑 部　(010) 84250838
交流邮箱　dinghongtaobooks@126.com
总 编 室　(010) 64228516
网　　址　http://www.jccb.com.cn
电子邮箱　jinchengchuban@163.com
法律顾问　北京市安理律师事务所（电话）18911105819

序·左拥淡雅，右倚繁华

朱成玉

一直在想，一个人若是披着月光，醮着花香，说出的话会有哪些不同？

我的一个学员的老公，和我一样，也是个写字的人。有个很有趣的笔名——咸济，仿佛一个药店的名字，大概他取这个名字的时候，本意是想用文字为受伤的尘世疗伤吧。

他开着额定人数的作文班，养身立命。从不多收学生，他说多了就教不好，心就会浮躁。

他喜欢安静简单，对事务的干扰，让他很不自在也很不耐烦，总恨不能一时半会把所有事务处理完，以便尽快回到自己喜欢的安静与思考中。

他有精神洁癖，朋友邀酒必先一一问清与谁共桌，如预先说好的人员有变动，走至半途也会返回。尽管如此，在外酒宴还是常常带着一肚子伤感回家。不想和人较真往往还是较真。他害怕人与事的纠缠，看似热闹的里面空无一物，所以更多的选择是逃离。只要一有空闲，就会下乡爬山，湖边看水，他说人的浊气只能在大自然中洗净。

他为自己开辟了一处小花园，养各种各样的花和许许多多的草莓。那是他为自己的心找的“同伴”。他的心需要从那里得到种子出土时的期待，花朵开放时的激动，手捧花枝时的幸福，甚至，一身汗水，满脸泥尘和弄脏的手无处可放时的讶异。

摘下的草莓大都是被老鼠咬过的，他却并不讨厌那用破坏来走访他花园的小老鼠，甚至但愿它和他一样，都会在那里玩得很开心。虽然也会用气咻咻的样子喊出几声“可恶”。但感性的瞬间，他的心却可能会与一只小老鼠变成“知己”。哪怕他们对草莓有不同的想法，但至少那只小老鼠和他一样，都喜欢逗留在那片绝密的小花园，搜寻他们眼中的宝贝。

当小老鼠可以在这里对草莓左审右看，又咬又亲的时候，他也在这片花园里，任性地摘下春天里的第一朵花，采集一包包的薄荷叶，笑股股地哄那棵三年都不开花的芍药说“我爱你”……累了懒了，坐在侧倒的枯树干上望天看云，可以不要求也不被要求，在花园里化神成仙，快乐不已。

除此，他还觅得另一方安静的好去处——庙宇。常维法师识他性情，让出庙里一隅净地，让他在那里独处，喝茶读书，听佛音缭绕。

他说，淡泊名利的，生活定然简单轻松；回归简单的，就会活出自己的心性。

这是一颗多么干净的心！

喜欢日本插画师山田绿笔下的猫，总是慵懒怡然地、慢吞吞地走在花丛里，或许它是想找一处最舒适的树荫来小憩。

毛线团一样的猫，蜷缩在世俗的角落里，怡然自得。只要有那么一处树荫，再喧闹的尘俗，都无法打扰它的酣睡。

如此看来，除了鱼和老鼠，猫的生命中还有其他重要的内容，比如寻找一处舒适的树荫。

人也一样，有什么是值得我们过分追求的呢？那样的“追求”，只会让我们慢慢变成臃肿的人。不要一味奔跑，应该学会优雅地踱步，去捕捉属于心灵的一片绿荫。

舍了红尘，遁入深山老林，我想那并没有多大的了不起，能在繁华处觅得清欢，寻得幽静，并安然相处，左拥淡雅，右倚繁华，这才全然是真的隐士。

但愿自己可以做一个这样的人。

是为序。

目录

第一辑

除了月亮，请关掉多余的光

请给我五分钟，让我把爱的曲子弹完，让我把善全部撒给世界，让我用自己的身体再去为这个世界弥补一两个漏洞。

第二辑

一个男人的花样年华

一个人的胸腔，仿佛一架手风琴，淡然是低音，宁静而美好，牵引着晨光里的露水和蜂鸣；豁达是中音，雄浑而空阔，铺陈着一路金灿灿的阳光；仁慈是高音，铿锵而有力，飞扬着善的翅膀，接通爱的闪电。

自己做自己的火焰，心灵才不会挨冷受冻；自己做自己的上帝，祷告才不会孤独地飘在风里。

第三辑

宠溺一颗清雅的心

第四辑

别让时光把你倒着拎起来

永远不要和时光背道而驰。你要紧紧贴着时光的后背，跟着它向前走，不要让它把你倒着拎起来。因为回忆是徒劳的，只会让你的心灵长满野草，并且永远没有收割完的一天。

第五辑

那些安分守己的忧伤

当你的人生灰暗无光，失去活力的时候，你是否想过，在自己心底安装一个蹦床，然后努力让自己成为一条蹦跳的鱼。

或许你跳得不高，但总高得过你的悲伤!

第六辑

爱我的人请乘火车来

向一支笔表达善意，只需你写出规规矩矩的字；向一面镜子表达善意，只需你做一个正大光明的人。

第一辑

除了月亮，请关掉多余的光

请给我五分钟，让我把爱的曲子弹完，让我把善全部撒给世界，让我用自己的身体再去为这个世界弥补一两个漏洞。

你无法怂恿太阳去沉沦

刚刚下过一场厚厚的雪，覆盖了这个世界所有的缺憾和污垢，广阔的天地间只剩下一张巨大无边的白纸，轻轻托着一颗正在滴血的巨大的心脏。

我们不停地奔跑，只想把那颗心脏抱在怀里。

那是一场日全食，在短暂的黑暗之后，太阳重新统治了世界，那红红的太阳，像一万只鸽子凝固在一起痴情的血，像一万个女人滴在一处相思的眼泪。

憔悴的太阳，是什么让你无法承受世人辛酸的泪水？

想到尘世中的人，想到一些或高贵或卑微的生命，那生生世世无法愈合的伤口，那时时刻刻无法安宁的疼痛，便是生命中一次次悲壮的日食。是啊，再伟大再坚强的生命也有它脆弱的一面，正如太阳也会生病，也有容颜憔悴暗淡无光的时刻，尽管它是我们精神上的父亲，每天都在为我们灌输着血液和真理。

日全食可以被认为是太阳的短暂沉沦吗？不，那不是沉沦，那是太阳累了，想休息一下而已。

这时候的太阳让我想起某些人，那些人注定是充满光泽的，这份光泽来自于灵魂，因为灵魂里镶嵌了钻石。

南非前总统曼德拉曾被关押27年，受尽虐待。他就任总统时，邀请了三名曾虐待过他的看守到场。当曼德拉起身恭敬地向看守致敬时，在场所有人乃至整个世界都静了下来。他说：当我走出囚室、迈过通往自由的监狱大门时，我已经清楚，自己若不能把悲痛与怨恨留在身后，那么我仍在狱中。

欧·亨利，美国短篇小说家。尽管他极端憎恨社会的丑恶和黑暗，但却对这个社会抱有不切实际的幻想，所以，总是为自己的故事添上一个圆满的结局。他一生都在渴望着光明，在他临终时，屋子里却一团漆黑。他愤怒地对身边的人说："打开灯，我不在黑暗中回老家！"

爱迪生84岁高龄的时候，仍然整天在实验室里忙碌。有一天，终于因体力不支昏了过去。当他在病房里苏醒后，发现亲友们正在焦虑地看着他。爱迪生向大家扫视一遍，然后微笑着说："阴间的景色还真是不错啊。"这位伟大的发明家很快就平静地去了。

在他入葬那天，许多人家都关闭了灯光，在黑暗中默哀。因为大家都知道爱迪生的发明对大家的贡献和好处：只要灯光熄灭哪怕一忽儿工夫，就让人们体会到有多大的不方便；要是一段时间的灯光熄灭，那就更会感到不方便了。人们就选择了用这种方式纪念这位伟大发明家的卓越贡献。

海明威说，你可以战胜一个人，但就是打不垮他。

是的，你可以躲进阴影里，逃避太阳的光芒，但你无法怂恿太阳去沉沦，就像你不能阻止一棵树的成长。那些向上的心，懂得如何在逆境中攀缘。

每个人的生命中都曾有过灰暗的时候，每一片命运的雪地上，都会掺杂着一些苦难的盐，每一条道路上都有人等待重新出发，但再大的风雪也无法阻挡明天的太阳。

明天的太阳是新鲜的，世界的每一个早晨都是新鲜的，新鲜得令人垂涎欲滴，崭新得让坠落的灵魂羞愧。

你永远无法怂恿太阳去沉沦！

风筝的心

又到了放风筝的季节，可是我的城市上空却空空如也。莫非是与这城市积下了太多的仇怨，连云都躲藏起来，不肯给城市的天空一点梦想的色彩吗?

而我依然仰望，寻找那些飞翔的痕迹，寻找那只要一点点风就可以抖擞起精神来的风筝。

再次见到风筝，是在三月最破败的小巷。一些蓝色的白色的紫色的欲要飞翔的念头，被一群孩子嫩小的手提着，轻轻地，飘在一人多高的风里。

孩子们必须奔跑，因为只有奔跑才可以带来风。

老人们说，放风筝可以放掉人心中所有的烦恼和晦气，只剩下美好的愿望。人们相信，这些用心灵里最珍贵的情愫扎出来的梦想之鸢，可以把种种美好的愿望传达给上帝。

小时候没有卡通没有电脑，却有广阔的草地放风筝。如今，孩子们有了各种各样的玩具，却再也腾不出时间和空间纵情奔跑，纵情释放他们的梦想。所有的时间都被各种补习培训填充，所有的空间都被钢铁水泥占领。在这个简陋的巷子里，我看见风筝精疲力竭仍无法飘过城市的额头，气喘吁吁仍无法惊动半点尘俗。

孩子们在巷子里终于跑累的时候，其中一个把风筝举过头顶叹口气说，有风多好，有风它就能飞上天空了。另外几个孩子也如泄了气的皮球，蹲到地上，不停地抱怨着——

风都哪儿去了？

风都哪儿去了？孩子的话让我不禁一怔。风，被高高密密的楼群阻隔在外面；风，被机器的轰鸣赶往别处；风，藏在遥远的记忆里；风，躲进有歌谣的童年。小时候，我的风筝可以放得比云朵还高。在那么高的天空上，我的风筝和白云窃窃私语，那是我儿时最美丽的花篮，一直在我的记忆里晃来晃去。

风筝飞不起来，然而它们却是这座城堡里唯一长着翅膀的鸟了。它们醒着，心怀世界上最单纯的愿望：只要一点点风，只要一点点可以飞翔的天空。

天空不冷清，风筝不冷清，冷清的只有风筝的心。风筝，这春天里的邮票，何时能为孩子们邮寄来春天？

不知为什么，看着这些无法飞上天空的风筝，我的心里异常难受。尽管这是一些廉价的风筝，用最普通的材料制成，大概两三块钱就可以在任何一个商店里买到，但我还是希望它们能飞起来。这种希望点燃我心中隐匿了许久的渴望飞翔的念头。我对孩子们说，“明天早晨在这里等我，我领你们去一个可以让风筝自由自在飞翔的地方。”

那个晚上，我挑选了最结实的竹签和最漂亮的桃花纸，精心制作了一个美丽的风筝。这是对童年的牵挂。我尽可能地将生命中所有美丽的色彩都绣到风筝的翅膀上，再扯一根长长的思念的线牢牢拴住它。我知道，我的童年不会走得太远。

风筝上的那些花朵，鲜艳得就像那群孩子的脸。我仿佛听见了风筝在说：

给我一点点风，给我一点点与梦有关的颜色。

第二天一大早，我带上亲手制作的风筝领着孩子们去了广场。广场上人头攒动。孩子们小心翼翼地打开风筝，小心翼翼地打开自己，然后奔跑、奔跑，风来了！风筝飞上了高高的天空！

我手中的线轴飞快地旋转，我的风筝追上了云朵，正在向它打听童年的消息。

很多人站在那里不再走动。很多人仰起了头。很多人高声喊道：“快看，多美的风筝！”

那一刻，我感觉到，适合风筝飞翔的风来了。那些安静的、优雅的心灵回来了。

其实，它们从来就不曾丢失，只是有待呼唤。

最好的玉引来最美的月光

混迹社会久了，会发现有那样一种人，人气很旺，总是有很多人愿意聚拢在他的身边，使他总是不自觉地成为一个圈子的中心。有时候不免会生出疑惑：这些人为什么会是社会的“宠儿”，得到那么多人的拥簇呢?

大罗就是这样一个曾经让我疑惑的人。如果放到古代，我相信，他就是仗义疏财的“及时雨”宋江。

那年我刚刚下岗，待业在家，成天无所事事，沾染上了嗜酒和赌博的恶习，并一发不可收拾。胃喝坏了，钱输光了，几年来辛辛苦苦攒下的家底被我挥霍一空，妻子为此嚷嚷着要和我离婚。当时我的心里只有一个念头，想办法借到一笔钱，然后豪赌最后一次，把输的钱都捞回来。

我谎称买车跑运输，向朋友们开口借钱，几个朋友都是穷光蛋，但江涛透露给我，说他有一个叫大罗的朋友家里很有钱，人也很仗义，不如让我碰碰运气。

我和他不认识，根本没抱什么希望。可是听说我是江涛的朋友，毫不犹豫地借了我一万元。那个时候，一万元不是个小数目，他这么信得过我，让我心里不禁闪过一个念头：不如真的用这笔钱去做点买卖吧，本本分分地干活挣钱。可是最后，好赌的欲念还是战胜了理智，我又一次坐到了赌桌边，又一次血本无归。

当江涛知道我用这笔钱去赌博并且输得精光的时候，气得要与我绝交。这件事也辗转传到大罗的耳朵里。大罗通过江涛，约了我见面。我想，大罗肯定是要逼着我还钱了。

令我大呼意外的是，大罗不仅没有逼我还钱，反而又借了我一万块，当时他拍拍我的肩膀，只说了一句话："你不光要戒掉酒和赌博，还要戒掉酒肉朋友。"

那句话深深烙在我的心上。我做到了。我洗心革面，用这笔钱在院子里盖了猪舍，还买了几头猪回来。我踏踏实实，埋头苦干，只用了一年的时间，就把欠大罗的钱还上了。大罗只收了本金，把利息退给我。

"留着吧，用这个可以再抓几个猪崽儿。"大罗说。

我感动于他的热心，他的亲和，他的豁达，那一刻，我在心底对自己说，我会用一生去交这样的朋友，而彻底远离那些只会令你堕落的狐朋狗友。

听过一节人生讲堂，老师在台上讲解关于做人的魅力，她拿一块玉做比喻。

她把一块玉放到桌子上，然后把所有的灯光都关掉，拉开身后的窗帘，白花花的月光照进来，把那块玉照得愈发晶莹剔透。我们不禁惊呼那块玉的美。

这时，她取出一个纱网，把那块玉罩住。玉的光芒一下子黯淡下来，月亮似乎也不再如刚才那般明亮。

老师说，"每个人的心都可以是那样一块玉。只是有一些玉的斑痕太多，比如嫉妒、怨恨、猜疑、小气等等，都是这块玉上的疤，会挡住玉的光芒，就像被纱网罩住了一样。所以，它引来的月光自然就少了许多。"

我豁然领悟，大罗不就是一块活生生的光洁的玉吗！我理解了，为什么大罗的身边会有那么多的朋友，就像宋公明凭借自己的人格魅力，聚集了一百零八个忠肝义胆的兄弟一样。大罗的朋友几乎涵盖了所有的阶层，有上流社会的，也有底层普通百姓，但那些朋友都有一个共同特点：干净、正派。

我想，这都要归结于大罗的人格魅力吧。每个人都可以是一块玉，你的内涵、你的修养决定了你的光润程度。大罗给我做了一个榜样，让我也致力于做一个有人格魅力的人，用身上的光泽去感染人。

朱德庸说，好朋友两个就够了，一个肯借给你钱，另一个肯参加你的葬礼。是啊，很多自认为朋友的人，其实更像是旅伴，只要大家方向或步调不一致，他们就会渐行渐远。做好自己的本分，真诚坦荡，卓尔不凡，自然会有优秀的人走过来与你结伴同行。

如果你心生莲花，呵气如兰，那些乌烟瘴气自然会躲着你，无法侵袭你。聚集在你身边的，自然也都是充满香气的人。

因为最好的玉，引来的，是最美的月光。

除了月亮，请关掉多余的光

今夜，月亮跑到大街上来，四处寻着酒幌子，它来买醉。

今夜，月亮是红色的。垂得很低，仿佛隔壁人家院子里的大红灯笼。

要挨着地面了。那地面上似乎有着某种吸引它的神秘味道，让它不停地嗅来嗅去。

那是无比亲和的月亮。仿佛喝醉了酒的王宫里的贵妇人，跑到人群中来，弯下腰，和普通的百姓们热切地唠起了家常。

今夜的月亮，是有着泥土气息的月亮，是有着浓浓的生活味道的月亮，我爱极了它。

大街上，怎么有那么多人陪着它在醉啊！

我听见一个人对另一个人说："喂喂喂，站稳脚跟，别摇晃得厉害，小心撞到你脑瓜门上的月亮。"

另一个嘻嘻哈哈："我倒巴不得撞上呢！那样我就顺势爬上去，看看嫦娥在家没？让她陪我再喝一杯。"

满大街的酒气都没有熏跑月亮，反而让它把头垂得更低了。月亮，难得这么放下矜持一次，卸了妆的女神，走下神坛，可是我们很快发现，这样的月亮反而需要我们更虔诚地仰视。

“月亮出来买醉！这说法多么可笑，我看你是醉得不轻！”

“就是，我们怎么没看见？怎么就独独你看见了醉了的月亮？”

我被朋友们揶揄着。

谁人能懂一颗微醉的心？其实，当你用这样的一颗心去品味生命，你会发现，人世的每个角落都藏着酒香。这大概也就是为何有读者说我的文字里有芳香的缘故吧！与那熙熙攘攘追名逐利的人比起来，我不过是把灵魂当成欲醒的婴儿，怕他哭闹，多拍了几下，让他多睡一会儿罢了。“乖，睡吧，外面的事，与你无关。”

你自以为看过太多，也感悟得太多，事实是，你看得见繁华，看不见生命无可依赖的惊恐；看得见人群，看不见彼此擦肩而过的苦衷；看得见杯觥交错的放纵，看不见美人迟暮的惊心……所以，关掉自以为是的眼帘吧，它并未给你照出多少柳暗花明的路来。

今夜，除了月亮，请关掉多余的光。关掉微信，关掉QQ，关掉直播；关掉思念，关掉梦想，关掉祷告；关掉贪婪，关掉觊觎，关掉情欲；关掉哭泣，关掉微笑，关掉心愿；关掉一朵花，关掉一阵风，关掉一首诗……我不再担心夜的短，尽管它短得让人不忍心闭上眼睛。

关掉，是为了更好地打开。让思想在幽深处小醉一番，会带给你不一样的惊喜。哪怕最小的手电，也能发出令你顿悟的光。

你可以不具备制造光亮的能力，但请务必葆有一颗接纳光亮的心。不用抱怨好日子没几天，好朋友没几个，没去过巴黎，没到过纽约，没在比萨斜塔的影子里站得笔直，没吹过阿尔卑斯山的风，没踩过乞力马扎罗的雪……但是你得相信，你依然可以是一个蕴藏着无限风景的人。

经营好你的内心，那里就会成为你的花园，花香流淌，鸟语弥漫，月光堂堂。

没有人知道，你看见了别人没有看见的雪，你抚摸了，别人没有抚摸到的风。

质地柔软的月光，谁不想抓上一把，铺撒到自己的脚下，或捧在温热的手掌，一寸一寸，暖着身心。

但是你错了，月光不是用来取暖的，月光不暖，甚至有些清冷。

月光不是篝火，是篝火过后的灰烬。你轻轻一触，就能看到漫天飞舞的银屑。

世界需要燃烧，也需要灰烬。月光是用来给你降温的。

它用阴晴圆缺告诉你，人生里的一波三折，命运里的诡异无常，都是无可避免，再正常不过的。

今夜，除了月亮，请关掉多余的光。

在月光下，我听到一首温婉的歌：有多少人会打开窗，有多少人痴痴地望，那么蓝的月亮，那遥远的月亮。

在月光下，我读到一句豪迈的诗："今夜我必须自斟自饮，向我的孤独谢罪。"

天再暗，都请不要开灯。给眼睛放个假，让耳朵加个班。听一听这夜里，惆怅的月亮，向人间倾诉了怎样的衷肠。

低到尘埃的愿

在报纸上看到一个以捡垃圾为生的老人，在冬天里瑟瑟发抖，在桥下搭个窝棚勉强过冬。与别人不同的是，他每晚睡觉前都会看两小时的书，还不忘写写字。附近的人说他是个“文化人”，他自己说，读书让自己感觉到充实。他靠捡垃圾每个月能有400多元的收入，就这点钱，他还省吃俭用买了一些书，看过的书他当宝贝一样的藏着，可攒了一麻袋的书还是被盗贼偷去当垃圾给卖掉了。他心疼不已，他以后就把书藏到自己的枕头下。

谈起新年的愿望，他说了三个，一是希望自己不要生病。二是希望天气快点暖和起来。

第三个愿望是每天都能有书读。

听着让人心酸，这低得不能再低的愿望，你们许过吗？

路过一个工地，几个民工吃完饭，聚在一起打牌，每个人面前堆着一堆面值很小的角币。“要是每月给我们发两倍的工资，那我们打牌就不是现在这样缩头缩尾了。”

“是啊是啊，那就妥妥的了。”

在东北，人们爱说“妥了”，那是一种心灵满足后的肯定。就是给生命放了一张舒适的床，生命跟着熨帖了。知足是一种境界，口袋里只有5元钱，妥了，那就吃4元钱的“大餐”——一大碗热气腾腾的炸酱面。剩下的一元给蹲在墙角瑟瑟发抖的小乞丐，他已经给路人行了无数个礼，却还没有“开张”；没钱坐车去上班，妥了，那就骑自行车或者跑着去，正好这个年龄该减肥了。

人的心永远想去山那边看上一眼。并非为了明白，也非为了征服。人的心总在远方：财富、权力、名声，以及许多，人常常会忘记当下。殊不知，回到自己的生活，一样可以精彩。简单如一的生命，也可以是那根最优美的琴弦，上面沾满快乐而炫目的音符。

听着那几个民工畅快的笑声，我想这何尝不是一种生的境界，简简单单的向往，踏实而天真，温暖着社会你死我活的残酷。

我曾经听过一个人和一个智障患者的对话：

你最想做的事情是什么啊?

当皇帝。

当皇帝为了什么啊?

穿龙袍。

还有呢?

吃馅饼!

乍一听，这大概是天底下最奢侈的愿望了，可是听到最后，你会发现，这份愿还是最低的，因为在他的智慧里，当一个皇帝的好处就是可以穿龙袍，吃馅饼。看吧，还有比这更简单的皇帝吗?

人世间有多少愿望，在旁人看来触手可及，可于他们却是奢侈的。比如一个贫困山区的孩子，他的愿望是在假期多编几个土篮卖掉，有了学费就可以继续上学了；比如一个拾荒的老人，他的愿望是明天早上可以第一个去占领那个富人区的垃圾箱；比如一个乞丐，他的愿望是今夜不要下雨，因为窝棚盖被风刮掉了；比如一个流浪汉，他的愿望是冬天再迟一天来，缩在墙根儿再多取一天阳光的暖；比如两头相爱的猪抢食吃，彼此希望明天早上自己的重量超过对方而被宰杀，那样就可以让对方苟活下来；比如一个车辙里的两尾鱼，希望能再吐出一点唾液给对方，以求延长一秒此生的幸福……

当年，有记者问及侯宝林为什么要说相声时，他说，最主要原因是"饿"。而说相声之初的愿望根本没有诸如当大师之类那么高远，他的愿望就是每天都能让家人吃饱饭；苏轼写过"人皆养子望聪明，我被聪明误一生。惟愿孩儿愚且鲁，无灾无难到公卿。"无灾无难，便是他对孩子的愿望；安德烈问他的母亲龙应台："如果将来我成为一个普通的人，你会失望吗？"龙应台告诉儿子：对我最重要的，不是你有否成就，而是你是否快乐；朋友在新年短信里说，不祝愿我飞得有多高，只祝愿我飞得不那么累……这些很低很低的愿里，藏着很深很深的爱。

忽然想起自己一个个简朴的生日和一张张亲人的脸。那很低很低的愿的蛋糕里，不是一样插着很饱满的蜡烛吗？

麻雀不必飞得很高

市里举办摄影展，朋友给了两张门票，我赶紧去家人的 QQ 群里显摆。四妹跑出来说："我就是个摄影家，你们要不要看看我的摄影作品啊？"

我们以为她开玩笑，没想到她真的贴上来许多摄影图片来，令我们意想不到的是，都是些木头的横截面，很是形象。有小乌龟、犀牛、小猫小狗，我们不禁拍手叫好！她说这都是她业余时间用手机照的，看到好看的横截面，就拍下来。

四妹在一个工厂做工，很辛苦，为了多挣些工资，经常加班加点地工作。我们都说她，何必把自己弄得那么累，一点轻松的时间都没有。

可是她懂得在那点闲暇的时间里让自己变得快乐。

她的 QQ 签名也总是姐妹当中最快乐谐谑的一个，有时候是一句调皮的话语，有时候是一句夸张的自嘲。每天晚上不管多晚回来，她都要打开电脑，在家人群里给家人送一杯咖啡，道一句晚安，尽管那线上只有她一个人。然后照例要打一局网上的斯诺克，才会去睡觉。

有一天，我半夜起来写东西，习惯性地登陆了 QQ。一排好友里大多黑脸睡觉去了，唯独四妹的头像鲜活地亮着，看见我上线，她像逮到了老鼠的猫一样凑过来，给我发了一张图片，是她拍的。“赶紧看看，好看不？”那还是一个木头的横截面，有些神似一只小麻雀，她用铅笔给稍微加工了下。真的栩栩如生呢，我不禁赞美了她几句。她便在那边高兴得手舞足蹈起来。

那么累，却不忘让一颗心变得轻松。一颗热爱生活的心，不见得非要在空闲时间段里才有，在忙碌的工作中，一样可以。

四妹的精神状态，总是能让我想到静秋大夫。

那时我还小。静秋在村子里开了个很小的诊所，也就是打个吊瓶之类的，其他大一点的毛病，她都看不了。不过在这个偏僻的小村子里，她也算是一个小名人了。因为求到她的人很多，而她总是有求必应。尽着自己的绵薄之力。

我们都叫她静秋大夫。

她总是微笑的，从来没见她耷拉脸的时候，不管如何忙累，她的笑容都是不败的。

那次，我们得的都是一样的病，看着像感冒，却总是高烧不退。静秋大夫着急了，向城里的医院求助，城里的医生让病人赶紧去城里医治。

那时候，坐车是一件很奢侈的事。很多时候都是靠步行。静秋大夫毫不犹豫地就要领我们去。

小巧的静秋大夫在前面引领着庞大的队伍，不时地讲上一两个冷笑话，以缓解人们的疲劳。

遇到小溪流，静秋大夫都会一跃而过，如果遇到稍微宽一些的小溪流，她就会来个助跑，然后轻盈地跨过去，长发在空中肆意舒展。她的快乐情绪，感染着每一个人。使我们渐渐忘记了，我们是一群要去就医的病人。

天太冷，静秋大夫里三层外三层地，把自己像粽子一样裹得严严实实，裹得再严实，也遮不住她身上慈悲的、快乐的光。

她的一个位高权重的老同学，想把她调到城里来，她不去，她说这个村子虽然很破旧贫穷，却说不清楚为什么，有一种特别的吸引力，让她不想再走出去。就像村子里的麻雀，贪恋着村里的粮食，不肯飞走。

“挺好的，我很快乐。”她对她的老同学说，“就像一只麻雀那样快乐。”

作家刘心武说：“不要指望麻雀会飞得很高。高出的天空，那是鹰的领地。麻雀如果摆正了自己的位置，它照样会过得很幸福。”

麻雀不必飞得很高，一样怡然自得。叽叽喳喳，快乐得像狂欢曲里的音符。

请给我五分钟

记得那是去年的情人节，和女友一起坐车回家。劳累而烦躁的俗事让我们疲惫不堪。颠簸的客车卷起大片大片的灰尘，所有的眼睛都像是熄灭的灯，无数的心灵漆黑一片，整个车里的人，大概没有谁还记得情人节了。

我的眼睛是唯一亮着的灯，我的心灵春光无限，尽管车窗外面灰尘滚滚，我却依然努力寻找风景。

女友轻轻拥着我的手臂，微闭双眸。透过窗子，在不远的小山上我发现了一片盛开着的迎春花，在灿烂的阳光下，迎春花开得异常烂漫。

我轻轻唤醒身边的女友，对她说，看，春天来得真早。

“请给我五分钟时间，只要五分钟。”我走到司机身旁，请求道。担心他不同意，我答应他愿意拿十元钱来交换这五分钟。

大概是金钱的作用吧，司机答应了我的请求。

我迅速跳下车，朝那盛开着迎春花的小山坡跑去。五分钟之后，我气喘吁吁地回来了，手里捧着一束灿烂的迎春花，仿佛整个春天，都已经被我握在了手里一样。

我把这束花献给了女友。女友被这突如其来的幸福烧红了脸。

不知从什么时候开始的，车厢内响起了一片热烈而又持久的掌声。那掌声，好像在人们心底囚禁了许久许久，终于得到了释放一样。

所有的眼睛重新点亮，无数的心灵都普照着春光。

当我掏出十元钱要给那位司机时，司机拒绝了，他说："给我一束小花吧，我要送给我的妻子。"

我和女友将手中的花一枝一枝地分给车上的每一个人．然后由这些人送给他们的爱人、母亲、儿女……

在这个纷纷扰扰的时代，不要一味地去行走，必要的时候，让心灵停留，哪怕只有五分钟，这个时候，你会发现很多美的风景，会发现很多爱的故事。

一味地忙碌，让我们遗忘了很多美好的东西。

我们的一生都可能黯淡无光，但总会有无比精彩的瞬间留待我们去回味。

就像海伦·凯勒，要用整整一生来换取拥有视力的三天；像纳兰容若，他要放弃一生的荣华富贵，去换取与知心人的倾谈。

请给我五分钟，让我把爱的曲子弹完，让我把善全部撒给世界，让我用自己的身体再去为这个世界弥补一两个漏洞。

我向索要我生命的死神请求，请给我五分钟，让我再撒一些爱的花瓣，再还一些前世今生的债。

路过我心，请迈着梅花鹿的步子

我的心是一张白纸，路过我的时候，我希望，你迈着梅花鹿的步子。那样，梅花鹿的小蹄子，就会在我的心上反复地来回游走，踢踏出一幅曼妙的画来。

一幅曼妙的画，于我是何等重要！就像，积聚了半世的笔墨，等着某个人在某一刻来为我的一生题词。我希望得到的两句诗是：身为菩提拂万物，心似莲花不染尘；就像，一个露水般干净的新娘，等着一个人来掀开她的红盖头，打开她的身体，检验她的清白。

可是，在婆娑的月影下，你还会来吗？

夜里的露水，洗净了你的小蹄子，我不许你跑进那黑暗的境地，月光照不到的地方，我不放心。

那就径直到我的心上来。我清空一切凡尘迎你，在心底举行一次盛大的欢迎仪式，你无须盛装登场，只需迈着梅花鹿的步子。

经过我心，无须你带来外面的消息，我不想打听灯红酒绿里的秘密，不流连歌舞升平里的欢愉。如果可能，请带来一缕风，轻轻扇动我心底的一朵云。这朵云于我心底睡了很久，到了该唤醒它的时候。

每个人都有属于自己的一个关于桃花源的梦吧。那里风和日丽，四季常青，不论时日多久，都不见任何衰败的迹象，这就是所谓的永恒吧。

月光，是我无比寂寥的人生中唯一的欢愉。但不必纠结于丢失和寻找，把它想象为孩子们的迷藏，请任由它绽放或者躲藏。

是的，我所求甚少，一抹月光就足以慰藉我半世沧桑的心。偶尔，月光不见了，我亦不觉得悲苦，一颗心，总要经历一些黑暗的时刻，此时，请允许我自由支配我的痛苦。

闭上眼睛，灵魂在呼吸——

人，习惯了在音乐里寻找安慰。那些音符，把我从陌生的路上唤回来。灵魂似乎被抽去了丝，轻得如一缕香，承不得一件薄纱。

人，习惯了在绘画里复制梦幻。那些线条，把我推上奇异诡谲的一段旅程，无数被重复的风景，重新经过我的眼底，它们无法再次将我点亮。

人，习惯了把埋藏在地下的财宝，视为自己的孩子。这根深蒂固的贪婪，把人心牢牢地扎根在暗处。你是否闻到，一股腐朽的味道?

哦！月光出来了，我睁开眼睛，接住它递过来的手帕。

我用它熨平了我的心。

我的心是一张白纸，路过的时候，请你迈着梅花鹿的步子，轻点，再轻点，我要的，不是那小蹄子敲击出的乐调，而是它踩出来的花瓣。

轻点，再轻点！

继续朗读

她是国民党军队的一位话务员，略通晓些日文。

在一次随部队征战过程中，国民党军队战败，她成了日本人的俘虏。被鬼子凌辱后的第二天，她被带到一个教室里，里面坐着一大群孩子。

那是些日本孩子，日本人强迫她教这些孩子们中国话。为此，鬼子专门做了一本教材，里面夹杂着一些日本人写的文章，还有古代的俳句，也有中国的唐诗。

她是怀着愤恨的心情去给那帮小崽子上课的，每一次在给小崽子们讲完一节课的时候，她都会情不自禁地用家乡的闽南语嘟囔一句："天杀的鬼子，早晚遭报应。"

每一次她都会嘟囔那一句话，时间长了，让那些崽子们觉得这也是她教的一部分，也纷纷跟着读起来，尽管读得南腔北调。幸亏鬼子没有听见，不然她的性命就不保了。有时候她也会想，与其这样苟且偷生，不如一死了之，可她毕竟是个女流之辈，她怕死。

怕死不代表心里没有愤怒。她把这愤怒化成了那句话，用自己微弱的声音向那些杀人的恶魔们下了一道咒语，她想，如果自己真的有魔法该多好，她要让这些恶魔们一个个都不得好死。

她仿佛找到了一点儿生的乐趣，那就是每天从她嘴里肆意冒出来的那句咒语。从这以后，每次朗读课文的最后，她都会有意无意地念叨那句："天杀的鬼子，早晚遭报应。"有两次两个日本兵在窗外站岗，她试着大声说出了这句话，鬼子不会中文，更别说闽南语了，所以根本没听懂，她忍不住在心底偷偷高兴，既然无法拿枪，骂骂这帮小鬼子也能解解恨。

那帮小崽子们也都记熟了这句话，每日里叽里咕噜地用闽南腔儿互相说着："天杀的鬼子，早晚遭报应。"他们还以为这是一首中国的诗呢!

有一天，鬼子又一次凌辱了她。她从一个阴暗的小屋子出来，衣衫不整地又被推到教室去。她恨得直咬牙根，她大声地念："天杀的鬼子，早晚遭报应。"小崽子们跟着读："天杀的鬼子，早晚遭报应。"

她一遍遍地对这帮小崽子说："不要停下来，朗读、朗读。"然后加重了语气念着："天杀的鬼子，早晚遭报应。"

这大声地朗读终于引来了一群鬼子，他们叽里咕噜地在窗外不知比画着什么。

一个鬼子的翻译官路过，那群鬼子就围住了他，问他，那女人教孩子们读的这句话是什么意思?

翻译官仔细听听，一下子愣在那里。他往屋里瞧去，看到了她视死如归的神情。

他不敢去看她，她眼神中的怒火似乎随时可以将他烧着。他低着头，对着那帮日本兵说着什么，那帮日本兵不知为什么忽然高兴起来，嬉笑着离开了。

翻译官却推门而入，用日本话对着那群小崽子狠狠地吼道：继续朗读!

好日子不长皱纹

或许是老了，最近总是莫名其妙地感到烦躁，对什么都提不起兴趣来，内心如同死水一般，泛不起一点波澜。脚步也不再轻盈，灌了铅一般沉重。

妻子则截然相反，依然向日葵一般热爱着生活，在网上疯狂购物，给我买衣服，专挑那些年轻的款式。我质疑，“我都多大岁数了，这个有点穿不出去吧。”

“谁说的，我看刚刚好嘛！就这身了，穿着上班去。”

不容分说地推我出门，阳光呼啦啦地泼了我满身。同事们惊呼：“嗬！这一身，可真帅！”

史上最红的日出，浮上在我略显沧桑的脸上。不过，从此我也领悟到，皱纹生在人的额头，不应该生在心里。

在妻子这棵向日葵面前，我怎么可以是黑色的曼陀罗。

因为血压高，妻子对我喝咖啡控制得很严，可是我戒不掉它。夜深人静的时候，我需要用它的香气做诱饵，引缪斯上钩。就像有些文人，用酒或者香烟做诱饵一样。

我得出的结论就是：缪斯其实是一个不经诱惑的饕餮之徒，你看，不管什么诱饵，好像都可以随时将它垂钓出来。

趁着妻子不注意，我又偷偷给自己冲了一杯咖啡，因为实在舍不得这个安静的美好的夜，我需要它引我去和缪斯约会。正和缪斯耳鬓厮磨缠绵之际，妻子夺走了我的咖啡，换给我一杯热乎乎的鲜奶。“我宁可你写不出东西，也不能让你得了病。”妻子不怒自威地说。

肩周炎犯了，她给我按摩，轻重拿捏得很到位。我说，你咋这么好啊！

“你看你这鬓角长了这么多白头发，脸也有褶子了。”她心疼地说：“你是咱家顶梁柱，照顾好你就是照顾好了日子。”

穿着淡蓝色睡衣的妻子，倚在窗边，窗外那个有小半个缺口的月亮，仿佛就伏在她的肩头，像一只乖顺的猫。

妻子喜欢包饺子，严格地说，她包的饺子并不十分好吃，可是她乐此不疲。愿意包饺子的女人都算是好女人。每当她们想好好爱自己家人的时候，都要包饺子。也许包饺子的那一道道程序会包涵进去太多的东西，繁忙的个把小时程序过后，只为了吃的人几分钟的幸福。她们把一个个日子照顾得无微不至，让每一个日子都活色生香，但她们又懂得约束，从不贪吃，点到为止。

妻子如此贴心，我自然要投桃报李。夏夜，会守着她和孩子都睡着，然后解决掉那个隐藏很深的蚊子，检查一遍门窗是否关紧，那一刻，内心伟岸无比，觉得自己是巡视天下的帝王。和那些把时间排得满满，甚至限制了自由的成功人士比起来，我宁愿做这样一个顾家的小男人，会笑，会做饭，会修小家电，会帮妻子洗内衣，会在一早起床快速收拾好老婆孩子随手丢在角落里的袜子，会在市场买到最新鲜的鸡蛋牛奶蔬菜，早晨跑步回来，路过早餐店，买她们爱吃的馅饼和绿豆粥，然后，拉开窗帘，轻轻地将她们唤醒。

所有的婚姻都不是大厦，都是风雨飘摇的小屋，需要两个人互相去支撑、爱护。不要指望婚姻有多牢固，最主要的是要为婚姻营造风和日丽的环境，你想想，如果每一天都是阳光普照，鸟语花香，那我们即使住着敞着篷的茅屋又有何妨，不照样是快意浪漫的生活吗？

这么精心照顾的日子，怎么好意思再生出皱纹来呢！

歌声是穷人的翅膀

一个中学时候的同学，20 年没见，现今已为贵太太。偶尔有一天，想见见以前的老同学，就在网上的同学录里搜寻，终于联系上了我们，遂从外省驾豪车回来参加同学会。同学们见了面，数她的嗓门大，也数她的派头足。与其说是寒暄，不如说是显摆自己的优越吧。浑身的珠光宝气晃得我们有些头晕眼花。趁着酒劲儿，她说想去看看小时候住过的地方。我想，还算可以，没有忘本，就领她去了老区。20 年过去了，这里依旧还是那样贫穷破旧，贵太太不禁皱起了眉头。

那是矿区，里面住着的大部分都是矿工。那个时候正是上下班的时间，路上来来往往的尽是些“黑人”。

这么破旧的地方，竟然并排开了几家歌厅。贵太太不禁好奇地问道：“在这个地方开歌厅，脑子没有坏掉吧，穷人们谁还有闲心来唱歌啊？”

“不，唱歌的人很多呢！”我领她去看，果然，每个歌厅里都坐满了人，就算五音不全的人，也丝毫不觉得难为情，照样在那里认真而倔强地唱着。

对于她的不理解，我说，“其实，和富人们比起来，穷人更需要歌声。歌声可以缓解一下他们的疲劳。对于富人，歌声是娱乐，是消遣，可是对于穷人，歌声是慰藉，是安抚。”

贵太太不大懂我的话，不置可否地在那里摇头晃脑。

还有她更不懂的呢，我只有在心里对自己说，歌声是可以令穷人们劳累的心灵飞翔的翅膀！

一次，领朋友去一个朝鲜族人聚集的村子吃饭。那里有很多当地的朝鲜族人自己开的饭店，特色是狗肉、冷面和泡菜，很正宗的朝鲜族风味。朝鲜族人好客，每有客人来，都会敬上一杯酒，并愉快地与我们交谈，那份热情劲儿就像亲人一样。每次算账的时候常常会打很多折扣，让我们有些于心不忍，那么一大桌子菜，简直让人家做了赔本买卖。可是他们并不在意这些，他们在意的是，今天他们很快乐。

邻桌吃饭的几个人，桌子上无狗肉，只有两盘廉价的泡菜，可是几个人酒却没少喝。不一会儿，喝到兴奋处，其中一个竟然唱了起来，很纯正的嗓音呢，听完我们不禁为他拍起巴掌。这下可点着了他们兴奋的捻儿，一首接一首地唱起个不停了，我们也就用筷子击打着碗盘，配合着他们。

饭店的主人说，这些人是村子里最穷的人，属于“老病残”范畴，基本都丧失了劳动能力，每月靠那点微薄的低保过日子。

“穷到这份上，还有心思来喝酒啊？”我的一个朋友不禁质疑起来，他觉得穷人就该有穷人的样子，就该是低眉顺眼，唉声叹气的吧。

“穷人也是人，也有快乐的权利啊。”店主说，“他们自己一个人是从来不来这里喝酒的，也喝不起，他们总是几个人一人出个十块八块的凑一起喝顿酒，他们也没别的乐子，平均每个月也就能来这么一次吧。这也算是他们的节日了。我也尽量少收他们点钱。”

店主的话，令我感动。

是啊，穷人也是人，没有人可以剥夺他们享受快乐的权利。阳光那么好，凭什么他们就要躲到暗处去？

音符们就像欢快的兔子，更愿意蹦跳到穷人的怀里去。穷人虽然衣衫单薄，怀抱里却涌动着一股股不息的热浪。

感谢你的挣扎

远处的泥泽里，我突然看到一条挣扎的鱼，更准确说是抖做一团的泥土。或是一节被遗弃的干枝。或是蚯蚓？当我用手将它捏起来，软绵绵的，的确是一个生命——一条漏网之鱼。应该还能活，我轻轻地将它送入水中，没有告别，也没有回头，只是一个荡漾的水波就不见了。

之后是第二条，跟它一样的命运，因为抖动而没有逃过我的眼眸。如果不挣扎，它们就会没入泥土，永远停止呼吸。感谢那一次挣扎吧，虽然那个过程是多么艰辛与疼痛，但最终还是等来了我的注视！

朋友和我说起过他接到大学录取通知书那年的一些往事，令我记忆犹新。

他说，接到录取通知书是让全家甚至全村都兴奋的事情，可是学费却愁坏了家里人。父亲东挪西借最后还是差很多，穷急之下想到自己家里的一门远方亲戚。那是一个富户，平日里没少做耀武扬威的事情，父亲是个正直憨厚的人，看不惯他这样的作风，好几次还当着很多人的面顶撞了他，这让那富贵亲戚很没面子，心情极为不爽，所以两家几乎就没什么走动，这亲戚里道的关系也就名存实亡了。父亲硬着头皮去了那亲戚家，却无功而返，钱没借到反而受尽了奚落。“你不是有骨气吗？有骨气就别来和我借钱啊！”这是不用想都能猜得到的富贵亲戚要说的话。

“我再去一遍，多说点好话呗，就不信他还能一点不看这亲戚的面子啊，再说，咱的娃上了大学，以后就是体面的人了，他们也总有求咱的时候吧。”父亲胡乱吃了一口饭，跺跺脚，仿佛给自己下了很大决心的样子，又一次推门走了。

亲戚知道他们家穷，还是不肯把钱借给他们，任凭父亲说尽了好话。父亲灰头土脸地回来，蹲在墙角，一口一口地抽着闷烟。母亲也缩在炕头暗自垂泪。朋友心疼父母，对他们说这个大学不想念了，要出去打工挣钱。父亲当时就火了，对他说，你只管念你的书，钱的事他来想办法。然后把烟袋锅往鞋帮子上嗑了一嗑，壮士断腕般悲壮地说：“我最后再去试试。”父亲又出发了，披星戴月，再一次去走那 10 多里的山路。看着父亲微驼的背影，步履蹒跚地走在夜色里，朋友说他当时的心如同被剜割一般疼痛。

将近凌晨的时候，父亲回来了。他是一路小跑着回来的，看父亲那兴奋的神情，他知道肯定有好消息了。果然，这一次父亲真的借回了钱！母亲揉着红红的眼睛，有些不敢相信地看着父亲，父亲掐了一下母亲的胳膊，“傻婆娘，呆愣个啥哩！”母亲才知道这不是做梦，赶紧给父亲卧了个荷包蛋，犒劳他这一夜的奔劳。

过了许多年后，他家的那个亲戚对他说起这件事，说他有一个伟大的父亲，为了他，什么脸面都不顾了，甚至是不惜下跪！

朋友说，父亲一辈子顾及自己的脸面，下跪的那一刻，他的内心该是怎样的挣扎啊！

他说那一天那三次借钱的路途，比唐僧西天取经的路途都要遥远，父亲每一次出门都是一种挣扎！他在心底永远记着，他感谢父亲的一次次挣扎，换来他今天的好前程。

在报纸上看到一则新闻，一个被误以为死亡的老人被装进棺木，可是他半夜里醒来，四周一片静寂。他以为自己来到了阴间，这时，他听见了儿女们的哭声。他知道自己还活着，他拼命地敲打棺木，可是棺木太厚了，那声音很微弱。可是他一直没有停止呼救，连续敲打了近5个小时才有人听见，把他救了出来。他“死而复生”，又多活了十二载。

如果没有那持续不断的挣扎，恐怕他早已命丧黄泉了。

并不是故意渲染苟延残喘的特别含义，只是想说，没到最后一刻，就不该放弃。

当世界所有的灯都灭了，你想，也要离去了吧，不会再有任何一盏灯为你点燃，但是你错了，人间的灯火就是那样反复无常，说不定何时为你点亮，只要你再坚持那么一下，哪怕是挣扎也好。山重水复的难，在人间处处都有，柳暗花明的戏，在尘世亦会时时上演。

就像那条濒临死亡的鱼，用一次次微弱的挣扎，终于令一盏慈悲的灯为它亮起。

当世界只剩下一棵树

我在夜色中掸掉身上的灰尘，试图去开始新的飞翔。尽力笑得和别人一样，尽力用五音不全的嗓子歌唱，尽力把地板擦得锃亮，使它能够映照生活的每一个细节，尽力把生活装点得更浪漫一些，天天如圣诞节一般。尽管我知道我已经老了，尽管打开和拉上百叶窗的时候，已不能带给我更多的惊喜和遐想。

但我仍旧会若无其事地与朋友们谈笑、喝酒，从一家饭店到另一家饭店，寻找更加鲜亮的人流，并向他们靠拢，寻找能坐得更久一些的椅子，并在这椅子上与幸福秘密签约。

百叶窗终于又合上了，我眼睁睁地等着明天来临，明天？明天又能怎样呢？能让我找到新的工作吗？能给这颗疲惫的心披上一件衣裳吗？能给徘徊不决的翅膀开一扇窗子吗？上帝拒绝回答，依然做着悲天悯人的梦，但我知道，我在拒绝颓废，我喝酒，但我绝不放纵，我在椅子里坐得久一些，但绝不消沉，我的心，我的世界里最后的一棵树，仍在向上生长，因为我依然拥有自己的阳光——家。

一想到太阳，一想到早晨就可以看到的刚刚睡醒的爱人和女儿的脸，我便又快乐起来了。我从抽屉里抽出被公司解聘的文书，在凌晨之前将它撕得粉碎，并在灵魂里将它擦拭得了无痕迹。

许多潮湿的声音从途中归来，栖在橙黄色的灯下。爱人写过的情书在我眼前一一展开，女儿成长的每一个细节在我脑海中反复播放。我像一只在幻境中翩飞的蝶，一张被记忆点燃的纸片，我在自己的灰烬中拾起了丢失多年的钥匙，它能打开快乐的抽屉，像打开蜂箱一般放飞里面密密麻麻的生的乐趣。我找到了，这钥匙就是我那颗向着阳光生长的灵魂。

其实从月球上看，这地球并不大，生活亦如流水账般记录着一颗颗卑微的灵魂。情书和手纸，寻人启事和菜单，报纸和说明书，世界地图和糖纸，请柬和发丧的纸钱，熙熙攘攘，乱七八糟，可无论我们在昨天做过什么，太阳总还会出来的，生活仍在继续。我们要做的，无非是在生活的过道上丢弃或者拾起，已经过了时的时装，已经被喝光的易拉罐。

没牙的变成有牙的，有牙的又变成没牙的，没完没了。我们就这样在颠来倒去中哭喊着诞生，古怪地活着，又莫名其妙地死去，而这便是生生不息。在这生生不息中，我们到底握住了什么？苹果吗？它们会腐烂，水吗？它们会蒸发，唯一不腐烂不蒸发的是爱，它是溺水时漂过来的一根木头，它是跌进山谷后从崖壁上垂下来的藤。

外面的阳光已经把生活搅成一锅粥了，可是我的爱人和孩子仍在睡梦中，我没有打开百叶窗，我不想吵醒她们，静静地看着这样的两张脸，她们如出一辙，都是被阳光打造出来的，我怎么能让自己的生命停止奔跑，怎么能让自己的灵魂停止追逐，向着芬芳的阳光！

太阳就站在高高的天上，那么安详，在它眼中，一切都是渺小的，包括诞生，包括死亡。

但绝不包括爱，爱永远是上帝撒向人间的最好的礼物，就像笑脸为形，真金为色的向日葵，承载着一颗向上生长的心，在满世界里燃烧。让人们相信，即使这世界上只剩下一棵树，仍会有人去那树下歌唱，即使那树上只剩下一枚叶子，仍会有人对着它许愿，喃喃地说：让爱，把睡着的花们叫醒吧！

在冬天里养几只鸽子取暖

鸽子停在一个没有爱情的城市，我一直这样认为。

而且固执的心，始终认定那些鸽子是假的，因为这个城市很不真实，它的上空常常镶嵌着风筝，那些虚情假意的鸟让这个城市看上去更像是一副虚张声势的拼图。

满世界都是遗憾，我感到秋天就这么过去，只留下哀愁。

我在郊区租了一间简陋的平房，我要试着在这里开始一段新的人生。我两手空空，我背井离乡来到这里，除了思念，没有别的行李。

这时候，念起相亲相爱的从前，一遍一遍的，像数着眼泪。在僵硬的城市里面，那些眼泪，力不从心。

来这里，只是想让自己静下心来，来解答那样一道难题：你最挚爱的人爱上了你最贴心的朋友，你如何选择？

每天，我把自己关在屋子里，与世隔绝。隔着窗子，听到外面有鸽子“咕咕”的叫声。它们在对面的房顶，上下翻飞，嬉笑怒骂。它们给我死水一般的生活注入了一丝活力，欣赏它们便成了我乐此不疲的爱好。

几个顽劣的孩童，不时地拿石子打那些鸽子，但不管怎样打，它们依然坚守在那个房檐上，似乎与那里的主人结下了难解之缘。

后来知道，那里住着的，是一个孤单单的靠捡拾破烂为生的老人。

邻居们都说他有点傻，养鸽子不为了卖钱，每天还要从自己的口粮里拿出一部分来喂它们。我不禁有些好奇，他养鸽子到底是为了什么？

老人的话让我的心灵为之一振。老人说，冬天太冷，有这几只鸽子在房檐上扑闪，感觉就暖和些。

养几只鸽子，是为了在冬天取暖。就这么简单。

老人说，三年前的冬天，有只鸽子跌落到他的院子里，在地上扑棱棱地挣扎。他想它肯定是吃了附近粮库里那些撒了老鼠药的粮食。老人就把它抱回屋子里，不停地给它灌水，竟然奇迹般地救了它一条命。从此，这个鸽子就喜欢蹲在老人的房檐上，偶尔在房子周围飞上几圈，“咕咕”地啄开房子四周似乎凝固了的冷空气。

不长时间，这只威猛的雄性鸽子便引来了一只同样雪白的雌鸽，它们的爱情使老人的屋檐空前热闹了起来。不久，就有小鸽子诞生，一茬一茬的鸽子，给老人的生活带来慰安。

眼前的那些鸽子多么美好，仿佛一盆一盆白亮亮的炭火，烘烤着这个冬天，让这个陌生的城市，暖意融融。

我不再相信这是一个没有爱情的城市，因为低低的天空有鸽子在飞，它们让城市柔软，它们把天空变得很低。

鸽子是雪做的，反而温暖。

有一天，当满街的车辆停下来，让一只受了惊吓的小狗先过马路时，没有人鸣笛，没有人催促，所有人都将头伸出窗外，用充满爱意的眼神护送着那只小狗安全跑过斑马线。那一刻，我抬起头，感觉自己吃下了一片暖融融的阳光，快乐地打着嗝儿。

孤苦无依的老人和那群鸽子，是那个城市，那个冬天带给我的，最温暖的记忆。

我也矢志不渝地相信，那群鸽子真的可以让冬天暖和起来。

因为那些鸽子，我决定在这个城市留下来。因为我知道，我和我的慈悲来到的地方，会成为我新的故乡。

我想我也找到了那道难题的答案：在挚爱的人那里，选择放手；在贴心的朋友那里，选择成全。

让过往的一切都随之烟消云散吧。我为他们祝福，让所有的怨恨和欢笑，都在我的记忆里和好。

做出这个决定之后，我的心轻松了很多。我以感恩的心向那些可爱的鸽子们致敬，那一小盆一小盆白亮亮的炭火，烘烤着我怎样温暖的心啊！

门前的柳树下，我听到一个大胆的男孩动情地对一个女孩表白着爱意：看到那个房檐上雪白的鸽子了吗？那就是我，对你纯洁的爱。

女孩羞红了脸，那小小的欢喜里面藏着小小的恐惧，“只是，它们会不会像雪，或者一块糖那样，在阳光下慢慢融化、瞬间消失？”

“不会。”男孩坚定地说。继而，我听到了有生以来从来没有听过的最美妙而又充满诗意的誓言：

“即使它们是雪，也是活着的雪，一年四季，永远不会融化。”

为你摘七颗星星的人

妮妮打小就喜欢黏着爸爸，只要爸爸在家的时候，几乎是寸步不离，必须和爸爸一起看电视，饭也要爸爸喂，哪怕上厕所，也喊着“爸爸陪”。

爸爸也宠溺她，把她当成手心里的宝贝，任凭她怎么淘气，都是笑意盈盈。

他总是对妻子说，“我怎么这么有福气呢？你怎么会给我生了这么好的一个女儿呢！”

有时候正在工作呢，接到妻子打来的电话，听到女儿在里边抢着说话，尽管发音还不全呢，却会含糊地“宝想爸爸了”，他就无法忍受了，经常就请了假，回家去陪孩子。

夜里，妮妮不肯睡，跑到阳台上，指着月亮说，“爸爸看，月凉。”爸爸忍住笑，接着指给她看北斗星，挂在天空上的一把勺子，妮妮很想摘它下来，那是她最想要的玩具。

爸爸说：“我给你摘，不过啊，天空离我们太远太远，爸爸要花很久很久的时间才能做好一个通向天空的梯子，所以啊，要好多年好多年才能摘到呢，你有耐心等下去吗？”

妮妮点点头说，“宝等。”

那真是一个神奇的勺子啊！妮妮想，它一定可以听她的话，可以随意变大变小，大的时候可以当成飞机飞起来，小的时候，可以当成羹匙，用来喝汤。

可是，妮妮没有等来爸爸给她摘下的星星勺子，却等来了爸爸永远的离开。

爸爸得了治不好的病，在最后的岁月里，他并没有表现出与以往有何不同，只是对妮妮的关心更多了，看妮妮的眼神，也变得更加疼惜。

妮妮总算不用爸爸妈妈陪着睡觉了，可是爸爸这几天偏偏要去和妮妮挤那张小单人床，妮妮梦中醒来，总是看见爸爸睁着眼睛看着自己，眼里含满泪水。

妮妮不自觉地问，“爸爸，你的眼里怎么亮晶晶的啊？”

“那是爸爸在给你摘星星呢！”

爸爸知道，那是月光照着他眼里的泪水。他忍着，不让那滴眼泪落下去。他怕，怕妮妮会慌乱，怕妮妮的心，因此而泛起波澜。

爸爸入殓后的第二天，妈妈取出一张卡片递给她，那是爸爸临终前留给她的。

卡片上是一幅卡通画，一个孩子和一只猫咪，坐在一张长椅上望着星空，如钩的月亮旁边，是那个像大勺子一样的北斗七星。卡片的背后，有这样一句话：

“妮妮，爸爸答应过你，要给你摘到天上的那个大勺子。现在，爸爸正在往那去的路上，爸爸很快就可以摘到了，等爸爸摘到了，就在某个夜晚，走进你的梦里，亲手交给你，好不好？相信爸爸，爸爸决不食言。”

妮妮还不识字，这些话是妈妈念给她听的。妮妮相信了，从那天起的每个夜晚，她都会怀着美好的憧憬入睡，尽管泪珠儿还挂在眼角，但是嘴唇边，那个迷人的小酒窝，会夜夜绽放。

妮妮渐渐大了，慢慢洞悉了这一切，但她依旧依赖着这个童话，在她被另一个男人安全接管之前，她会一直守护这个梦，守护梦里那个一生都在为她摘七颗星星的人。

刀　娘

刀娘不姓刀。真名叫韩金子，是百里挑一的有名的刀匠。很少有女人做刀具的，她却是一把好手。而且人长得漂亮，人们都叫她刀娘。

那是一个朝鲜族聚集的村子，民风淳朴，善良好客。

朝鲜族的女人素来以勤劳闻名，刀娘便是那样一位勤劳朴素的巾帼典范。每日里从早忙到晚，从来没有任何怨言。提亲的人络绎不绝，叽叽喳喳地落满她家的院子。她们相中的不仅仅是她的容貌，更有她的人品。

可是却始终没有令刀娘中意的人，也难怪，刀娘长得实在太漂亮，一颗心便跟着高傲起来。

就在此时，令人意想不到的不幸发生了。

在一次冶炼过程中，刀娘被窜出的火苗烧伤了脸。从此她的左脸永远烙上了自卑的痕迹。

提亲的人不再来了，她的院子总是空落落的。她开始变得郁郁寡欢，脾气也变得暴躁。一颗高傲的心渐渐落了下去，直落到谷底。

邻居家去提亲的人却依旧很多，一日，媒婆领了一个英俊的青年来，那青年，刀娘一眼便相中了，可是那个英俊的青年，并不抬头看她一眼，而是走进了邻居家。

刀娘想，为什么自己漂亮的时候没有遇到他呢？真是造化弄人。

她开始嫉妒自己的女邻居，因为她有一张漂亮的脸孔。

在一个黑夜，她动了坏念头。她要毁掉别人的美好。她提了一把刀，她想把那个漂亮女人的脸蛋划出一道道口子来。“这样，那青年就会回头来找我吗？”她在心底对自己说。

“不会，他会恨死我的。”她自问自答。

想到这里，她的刀不自觉地掉到了地上。她想，还好，那把火烧焦的只是自己的脸，没烧焦她的心。

她捂着自己的脸，兀自伤心地哭了起来。

忽然有一双手轻轻拍了拍她的肩膀，一个很好听的声音在她耳边响起：“你怎么了，我能帮你什么吗？”

借着月光，她看到了他的脸。是他，那个她一眼便相中的青年。

“没、没怎么？”她的心怦怦乱跳，语无伦次地应着。

“这么晚了，我送你回家吧。”青年不容她拒绝，就和她并肩走入了夜色。

不一会儿，他们就俨然成了无话不谈的好友。

“你知道吗？我来你们村子最大的收获就是找到了刀娘。”那位青年说。

刀娘一愣，心想他怎么认识自己呢？没等她开口问，青年接着说，“我和刀娘下个月就要结婚了，你是她的邻居，你应该收到请柬了吧？”

她多想告诉他，她才是真的刀娘。可她终没有说出口。她想不明白的是，邻居为什么要冒充她呢？

“我来你们村就是为了寻找刀娘，我听说过很多关于她的故事。没想到，她真的和我想象中的一样，心直口快、美丽善良。”

原来是他误把女邻居当成了刀娘，女邻居也干脆来了个将错就错。

月色正浓，没有人看得见她的哀伤。

一日，邻居家里不知道什么原因起火了。浓烟滚滚，女邻居被困在屋子里，大声地喊着救命。那个英俊青年赶来了，一股脑地要往火海里冲。刀娘一把拉住了他，“我去，反正我的脸已经烧伤过，不在乎再多一次。”青年被她的勇气震慑，愣怔住了。刀娘冲进火里，背着那个女人出来。

女人得救了，当那个女人得知是刀娘救了她，羞臊得不知道该躲到何处。

“我背着你，招了喜欢你的情郎呢！”她红着脸对刀娘说。

“没啥，只要你们俩互相喜欢就成。”刀娘的心虽然痛，却一肚子的菩萨心肠。“只是我不明白的是，为什么他会把你误认为是我呢？”

“因为我也叫刀娘啊，不过，我不是你那个刀匠的刀，我是每天喜欢叨叨着找人唠嗑的‘叨娘’。”

第二辑

一个男人的花样年华

一个人的胸腔，仿佛一架手风琴，淡然是低音，宁静而美好，牵引着晨光里的露水和蜂鸣；豁达是中音，雄浑而空阔，铺陈着一路金灿灿的阳光；仁慈是高音，铿锵而有力，飞扬着善的翅膀，接通爱的闪电。

安顿灵魂的月光

曾经和一个朋友聊起过这样一个话题：读一些纯文学作品的意义是什么?

朋友的话我很赞同，他说是为了安顿自己。

他说，时下里资讯丰富，纯文学被挤到角落里苟延残喘。人们习惯了快餐文学花边新闻，肚皮饱了，眼睛亮了，灵魂却饿着。

现在的人，太需要用一些东西来安顿自己，比如读一首诗、听一段曲、鉴一幅画、品一杯茶……

安顿自己，就是给灵魂沏一壶上好的龙井，慢慢地滋养，使之得以安然自在。

对于握在手里的东西，我们总是太急于将它捣碎，塞进陶罐里。以为这样才是拥有，以为这样才是牢固、永久。世人总是喜欢红，迫不及待地要跨过绿，殊不知，红之后，叶子会很快和枝丫挥手，会很快枯落，人生便有了飘零和诀别。

杨绛先生说过：一个人不想攀高就不怕下跌，也不用倾轧排挤，可以保其天真，成其自然，潜心一志完成自己能做的事。是啊，无心插柳柳成荫，耸入云霄的大厦不是浑然天成，而是一块砖一块砖垒出来的。

不要给一颗心裹上坚硬的外壳，不要给它套上牢笼，要空空荡荡，要荒芜，要试着在今天从心开始，刀耕火种。

阎连科写楼道，一个退休的局长家门前再无各种豪华礼盒，一下子变得寂寥而空荡，便偷偷把别人家门前的茅台酒箱之类的东西搬到自己家门前来，“像摘来许多钻石镶在了自家门前般”。那身体虽然退了休，灵魂还没有安顿下来。

常常在深夜看见酒醉的人，哼着忧伤的歌儿，趔趄着，扶着月光。他们买了最昂贵的醉，却依然无法，安顿灵魂。

最和美的夫妻，应该是天亮时相视一笑，临睡前互道晚安。而晚安，我更愿意解释为：天色已晚，请安顿身心。

我喜欢旅行。不是逃避，不是艳遇，不是放松心情，更不是炫耀，而是为了洗一洗身体和灵魂，给自己换一种眼光，甚至是一种生活方式，给生命增加多一种可能性的叉枝。记得有人说过：旅行最大的好处，不是能见到多少人，见过多美的风景，而是走着走着，在一个际遇下，突然重新认识了自己。

一叶孤舟，一抹夕阳，一支撑杆，一曲渔歌，一江暖水，一世人间。此情此景，如此美丽，叫人不得不感慨，看到这样的景色，此生足矣了。

真正的美景，不是让你尖叫，而是让你平静。生命中需要更多的美，让我们的灵魂平静。

周国平说：老天给了每个人一条命，一颗心，把命照看好，把心安顿好，人生即是圆满。

我不是诗人，我只是在帮那些寒冷的字絮一个暖暖的窝。

我不是诗人，我只是在帮那些流浪的字找一个安静的家。

我要安顿那些字，安顿流浪的脚印，安顿灵魂的月光。

就这样，晚安！

怎样堵住坏运气的嘴巴

悲伤的墙很高，一颗心要怎样才能爬出去？一个人，送了我一颗向日葵的种子，我只需要，把心附在那颗种子里，便可以，逃离伤痛。

清晨天刚刚亮，扫大街的人便开始了忙碌。就听到一个扫大街的老人抱怨：别人还在做着美梦，我却要早早爬起来扫大街，为什么别人的运气好，可以做个有钱人，我的运气却这么差，一辈子都做个穷人。老天真是太不公平！

一个捡垃圾的老人，也是早早醒来，他在一个又一个垃圾箱里不厌其烦地翻弄着。不时听到他快乐地说：多亏起得早啊，不然收垃圾的车就把垃圾收跑了，今天的运气真是不错，多捡了好几个易拉罐啊！

每个人都像一粒粮食，不可避免地要去时光的簸箕里颠簸，没颠下去，那是你的好运气，颠下去，那就是你的坏运气。有一个办法可以让你留在簸箕里，那就是，你要努力使自己变成饱满的那一粒。

蜘蛛为飞蛾们准备了秋千，多么具有艺术美的秋千啊。可是飞蛾们不知道，织出这个秋千的，是一根根死亡的丝线。

生活就是那样一张网，高明的人会让自己成为蜘蛛，不高明的人会让自己成为飞蛾。一个主宰生活，一个被生活主宰。

一个人的时候，自己和自己走散了。两个人的时候，反而在一起了。

所以，人字，是需要支撑的。非洲有句格言，如果你想走得快，那么你就一个人走，如果你想走得远，那么就一起走。

向天空扔一枚两面都是头像的硬币，就堵住了坏运气的嘴巴。

痛苦是上帝扔下来的一块用厚厚的泥浆包裹着的宝石，很多人被砸到，痛不欲生，怨天尤人，很多人害怕被砸到，纷纷躲避，逃之夭夭。只有很少的人勇敢地选择了拥抱，才得以一层一层地去剥开它。

一个爱笑的女孩子，上帝总不忍往她的口袋里装太多的坏运气。

如果残酷的现实是一把刀子，我们就要努力把它装到刀鞘里。

第 156 张票根

自从那个晴天霹雳般的秋天以来，妈妈的脚再也没有停下来，一直在奔走着。妈妈的心再也没有闲下来，一直涨鼓鼓地装着她，因为女儿被囚在高墙深院。

那一年女儿刚刚 20 岁，如花的容颜，瞬间凋残。

女儿是因为恨才铸成了大错。女儿恨父亲，更恨那个夺走她父亲的女人，于是在一个风雨交加的夜晚，动了杀心。女儿只是想让妈妈解脱，想再一次缝补好家庭的裂痕，让温暖重新裹紧她和她的妈妈。在她举起刀子刺向那个女人的同时，也深深刺伤了自己。她的美丽年华在那一刹那，被她自己掐灭了。

妈妈每月一次的入监探视，便成了女儿的节日。监狱里的日子静如死水，但因为每月都有那样的一天能见到妈妈，她心中便会不停地泛起微澜。那个日子阳光普照，那个日子鸟语花香，她认真地数着妈妈走后的日子，每天在她的床头划道道，多少次在梦中提前过了她的节日。原本暗无天日的生命因为有了这个日子，而变得异常美丽。

妈妈又何尝不是如此。女儿带走了妈妈的阳光，抽干了妈妈心头的灯油。妈妈心上的那盏火苗，却因为这样一个日子而没有熄灭。每次来，妈妈总是提前准备，她爱吃的小点心，喜欢的小玩意。只要是妈妈认为女儿喜欢的，就下功夫做，舍得花钱买。从晚上回来开始，就琢磨着下次去该带什么，一直到下一月该去的时候才算是准备好。大包小包一个又一个，在火车上还可以，下了车，还有 5 公里的路程没有车，只能是步行。常常是累得气喘吁吁，直不起腰来。

多少次，管教总说不允许从外面带那么多东西。妈妈总是好说歹说：她姨，就留下吧，不是买的，是我昨天晚上才做的咸菜和一点小点心，没有别的，让孩子留下吧。每每妈妈让管教无话可说。其实管教总是被感动，那个白发的老妈妈，谁又能忍心再让她背回去呢？谁又能拒绝妈妈那颗善良的心，谁又能拒爱于千里？

她们一个在高墙内，一个在高墙外，度日如年。更让她疼痛的是，每一次见到妈妈，都发现妈妈又老了一些。每一次，她都会为妈妈拔白头发，渐渐地，开始拔不过来了。她总是一边拔一边不停地抽泣，把妈妈的白发用一个小盒子装起来。妈妈似乎看出了她的心思，每次来都先去染黑了头发。尽管如此，仍旧无法阻止妈妈的衰老。

皱纹同样过早地爬上了她的眼角。13 年了，如花少女的她一路走来，转眼间，花已凋零，青春不再。铁窗高墙阻隔了她的高飞远行，但阻不断她对妈妈的思念和妈妈对她的爱。她后悔自己的倔强和任性无知，在风雨之夜犯下滔天罪行，手铐铐住的不只是她的手、她的身，还有妈妈的心，在一点点地被揉碎，还有妈妈的泪，被一滴一滴地掏干。

无论严寒无论酷暑无论风雪交加更无论大雨滂沱，妈妈总是如约而至，从未迟延。每次来，她都会管妈妈要她的火车票根，她那本漂亮的纪念册上面粘贴着一张张的火车票根，所有的票根都是 Q 地开往 Z 地的，整整 13 年，156 个月，3 万多公里，那是母爱的路程。

156 个月，但她的纪念册上只有 155 张票根，怎么独独缺少一张呢？

原来，出狱前的最后一次探视，是那个冬天最冷的一天，刮着凛冽的北风，下着大片大片的雪。她既担心妈妈被冻坏而不希望她来，又不停地走动，焦急地盼着妈妈的到来，她的纪念册上就缺这最后一张票根了，然后，她就可以合上它，重新开始她的生活。可是妈妈始终没有来，她开始忐忑不安起来，担心妈妈出了什么意外。直到第二天早上，妈妈才蹒跚着来了。因为雪下得太大，不通车，妈妈是一步一步走来的，整整走了一天一夜。来的时候已经过了探监的日期，但管教们破例让妈妈见到了她。她跪在妈妈面前，捧着妈妈那双冻伤的脚，号啕大哭。管教们跟着动容，齐刷刷地跟着落泪。

她在纪念册的最后一页，那个本该贴上最后一张票根的空白处，画上了一双脚。那是妈妈的脚，一双冻伤的脚，一双不停奔走的脚，走过的脚印里都是深深的母爱。

那双脚是她积攒的第156张票根，母亲的终点，她的起点。

做一朵花的知己

我有一个邻居，养了很多盆花。每天早上，他都会一边浇花一边哼着韵味十足的京剧，乐此不疲。有一天我问，“你总是美滋滋的，天天有喜事吗？”他笑着说：“你看看，这花儿又美又欢喜，让我每天都生活在春天里，能不乐吗？”

心底微微感动了一下。

记得在俄罗斯留学的时候，有一次过情人节，我从一个老妇人那里买了一束玫瑰送给我的情人叶。但因为我们之间的裂痕无法弥补，叶当着我的面扔掉了那束花。没想到老妇人竟然从后面撵上来，把钱退给了我，马上从地上捡起那束被遗弃的花。

她轻轻摩挲着玫瑰花瓣，掸掉花上每一粒灰尘，无比怜惜地说，“我给每一束花都许过愿的，都有真心的祝福啊！你们怎么就扔了呢？你们不配做那束花的主人。”

我和叶面面相觑。我们不仅伤害了一束花，而且伤害了一个护花使者。

还有一幕场景，我曾在不同场合一再提及，以至于朋友们都认定其中的少年就是我本人。

那天阳光灿烂，人潮涌动，车流不息。大街的中央，躺着一捧鲜红的玫瑰。一个少年焦急地要去将它拾捡起来，但是车来车往，他无法前行。终于等到机会，他抢步过去，玫瑰已被轧碎。少年一点一点拾捡着满地的花骸，慢慢捧起那些受伤的花瓣，久久地握在手心，竟然当街而哭。

直到现在，我仍然时常为这个场景怦然心跳。

由此，我完全理解了黛玉葬花时的凄切，也理解了“护花使者”这个名词的美好。

英国文学家王尔德有一天走进一家花店，要求把橱窗里的花取出一部分。店里的人照着他的要求去做，并问他要买多少？王尔德说，我不想买花，只是我看它们太拥挤了，怕它们被挤坏，想让它们轻松一下。

一日黄昏，我看见邻家二嫂扛着锄头，手里拎着一袋菜籽，向园子里的那几棵月季花逼近。我想月季花定是要大难临头了。情急之下，我大声喊道：铲掉月季花要破财的，你知道吗？养花会带来好家运的。看着我认真严肃的样子，二嫂竟信以为真了，那几棵月季花就此逃过了一劫。

当我在窗口望着那些花时，总能感觉到它们对我点头含笑。

那一刻，花是我的红颜，我是花的知己。

做一朵花的知己，便可走进它的心里。

一颗心的天籁

网络里的热闹，更多的是为鸡毛蒜皮。哪怕是仅仅因为一个明星的穿着，也能引起拥趸和排斥两个阵营的人“大打出手”。喧嚣的微博，一时间风火连城，叫骂声不绝于耳。个个口齿伶俐，骂功非凡。

今天，愤怒的人群不断壮大，一棵愤怒的树，横生出愤青、愤老、愤少等等突兀的枝丫，上面落满乌鸦的聒噪，麻雀的叽喳。聒噪和叽喳，没有人会认为那是天籁。

干吗非要剑拔弩张，轻抚琴弦不好吗？干吗非要狗血喷头，口吐莲花不好吗？

嗓门大，不见得有理。比如泼妇骂街，无理搅三分。响得最厉害的轮子，不一定最先被上油，却有可能最先被换掉。

很多人嘴里，都含着两颗隐秘的杀伤力大得惊人的子弹。其中一颗叫嫉妒。

西毒说，任何人都可以变得狠毒，只要你尝试过什么叫作嫉妒。

一个人招来小人的原因，一是自己太过优秀，木秀于林；二是当着众人的面，晒了太多的幸福。

幸福一露头，痛苦就要跑出来嘲笑它几下。

另一颗叫猜忌。

看过一篇小说，说的是一群音乐学院的学生。其中最引人注目的男生，因为才华横溢获得许多异性的青睐。他的妻子却因狭隘的猜忌与嫉恨向学校检举他行为不端。这是个不可辩白的诬陷。终于，在毕业前夕，男生被学校开除，一夜之间，前途尽毁，不得不一无所有地返回贫穷的故乡。最后，男生背着行囊，面对学校的大门，目不转睛地看着校园，后退着离开。他怀里的吉他，再弹不出喜悦，尽是无休无止的悲伤。

一颗心，斑驳如秋叶，坠落到命运的低谷。

人人心中堆积着一个火药库，经常说反恐，真正恐怖的东西，其实就在你的内心。

如果可以清洗一颗心就好了，世间多少人心，都已面目全非，看不到最初的样子。

漫画家魏克说，一个人不必行走在高原大漠，但内心一定要海阔天空。

知足常乐，顺其自然，干干净净，清清爽爽，方为一颗心的天籁。

诗人卢卫平写过一首《杀人狂》：“一个杀人狂 / 去刑场的路上 / 对警察说 / 请用我杀人的那杆枪枪毙我 / 我只能死一次 / 千万不要因为我罪恶的死 / 让这个世界又多了一杆 / 杀过人的枪。”

这算是临终前的忏悔吧，就因为这一个忏悔，那颗罪恶的心，最后的时刻听到的就不再仅仅是枪声，至少会多了一丝温柔的风声吧。

这世上，有一种叫“伪朋友”的怪胎，表面上与人一团和气，背地里却巴不得捅人一刀。哥伦布发现新大陆时的惊喜，也比不上他们突然发现朋友的隐私来得热烈。

吉田兼好法师认为，人世间大抵难看难听的事有这几种：老人混在青年中间，妄说趣话；卑贱人说世间权贵和自己如何要好；穷人好酒宴，铺张宴客。

这几种人的确令人厌恶，就像我铺开洁白的稿纸，正待给尘世写一些温馨的情话，突然间落上来几只苍蝇。

一个人的胸腔，仿佛一架手风琴，淡然是低音，宁静而美好，牵引着晨光里的露水和蜂鸣；豁达是中音，雄浑而空阔，铺陈着一路金灿灿的阳光；仁慈是高音，铿锵而有力，飞扬着善的翅膀，接通爱的闪电。

人活着有许多不得已的时候，在俗世的染缸里，容不得你全身而退，那就告诉自己的心，尽量被浸染得轻一些吧。

在俗世的河流里，我要做回我自己，在逐渐“珠圆玉润”的路上，继续做一枚有棱角的石块儿。

那是最初的玉，也是最淳朴的玉，它们很不情愿，被市侩雕琢。

蚂蚁想要一滴咖啡

我曾经在一篇文章里将自己在深夜里写作的情形比喻成一只为爱咯血的狐狸，而今天，我觉得自己更像是一只蚂蚁，徘徊在夜的幕布上，顶着纤弱的触角，去抵御强大的命运。

在这样的夜里，写出了好句子，就像一个儒雅的佛，拈花一笑；写不出精彩，就像一个燥热的猴，抓耳挠腮。

我左右摇晃我的脑袋，脖颈上的骨节咯吱作响，像钟摆一样，亲自摆布起自己的时光。

一篇好文章在诞生之前似乎是有预见性的，就像一棵树上新冒出的枝丫，让你有一种痒痒的感觉。我的想象力并不丰富，所以很难虚构出一个故事。我常常在对人的复述中把一个真实的事情推到哈哈镜前，遮盖掉百分之九十九的无聊部分，夸张地放大有趣的细节。于是某些普通的经历就变得生动甚至古怪起来，某些天天能遇到的人就成了超人或者变态狂。

要我从自编自导的喜剧里逃出来真的很难，甚至读者也正在陶醉中。演员也好，小丑也好，我用我不算过火的演绎和不曾屈膝的卑微换你一个灿烂的笑容，有什么不好？我编织一些带着七色光环的真实故事，让你发现滑向生活深渊的斜面上原来布满了惊喜的回转和岔路，有什么不好？

我想我会继续遗忘平淡，夸大惊奇，会分出一切光和热给每个眷暖贪生的孩子，直到他们听够了我的故事转身离去。

我为自己冲了一杯咖啡。这时候，我看到一只蚂蚁，爬上我的桌子，奔着咖啡而去。大概是它闻到了咖啡的香气吧。

它刚刚爬上咖啡的杯沿，我就将它驱赶。然后它就再次转身，又来爬那杯子，我就再次将它驱赶。那咖啡对于它，有着太大的魔力，似乎它的一生都是为了这杯咖啡而来。我终于，甩了一滴咖啡在我的桌面上，它也终于停下来，静静地，似乎在享受着那个过程，仿佛感受到了咖啡的美妙。

在这个偌大的夜里，我自己又何尝不是一只蚂蚁呢？所求甚少，不过是一滴咖啡而已。

最近听说出了一款软件，只要你把要写的文章的中心思想、主要词汇词条啥的都输入进去，就可以得到一篇完整的文章来，而且质量还蛮不错，因为软件里储藏着数以万计的文章。我没试过，不知真伪，但听到这个消息，不免心生厌恶。

我有健忘的毛病，有时候前几分钟想好的事情，很快就会忘掉。包括自己的梦，刚做完，醒来就忘得一干二净。这让我损失不小，因为在梦里总有一些美妙的故事，或者好的句子，醒来就被我错失了。就突发奇想，如果有那样一种机器，可以通过大脑皮层的信息，将那个梦转化成文字，从电脑中直接输出来，那该多好啊。我想这个想法完全有可能实现，这个世界，还有什么是人完成不了的呢！只是，这样的写作还有什么快感可言呢？我清清楚楚地记得，每当我写出一篇好文章，都会兴奋得睡不着觉，欢呼雀跃，把妻子从熟睡中叫醒，给她朗读。

一篇好文章，会让我美上好几天。

科学要是真的进步到了那种境界，人生的乐趣该减掉多少呢？

蚂蚁只是想要一滴咖啡，让有生之年充满甜蜜的味道。那种过程是喜悦的，过程本身就是充满甜蜜味道的。我不想不要过程直接要了结果，那是索然无味的结果。

在那样的夜里，我就像一只蚂蚁，竭尽全力地奔波，不为别的，就是为了要一滴咖啡。这总不算是奢侈的吧。

几个字，几个词，组成几段美妙的话，就足以在我心底掀起温暖的浪了。

一个男人的花样年华

看一朵花，我不喜欢走到近前。远远地看，风自会为你捎来它的香。有一些香，你若闻不到，近在咫尺也是徒劳。

看花，不为折取，为闻其香；看树，不为攀附，为效其直。

比起迅疾奔走的人们，我更愿意做那树间徘徊的思想者。披一件哲学的外衣，同行的人，认得出，那是我的袈裟。

我从不认为蜗牛是值得嘲笑的，爬到树顶的，差不多和鹰一个高度的，唯有这大智若愚的蜗牛吧。

可以睥睨众生的，除了鹰，还有就是一只小小的蜗牛。

懂得花的悲欢，获得花的垂青，那是你交了桃花运；沉溺其中，无法自拔，那是你犯了桃花劫。

一只飞虫，在树林里飞过，你不会在意，哪怕飞到你的额头，你也没有太多的厌恶，甚至，它们那镀着阳光的金色翅膀还会令你情不自禁地赞美。如若它飞到你的卧室、书房或者餐厅，就完全不一样了，它们就成了你的死敌。因为它们打扰了你的生活。你看，一切喜好善恶都是以自我利益为参照物的。

心中无刀，却依然布满伤痕。晨钟暮鼓，敲击出几首传世的歌谣?

没有一种鸟，不关心粮食和虫子，没有一种鸟，衔着音符，夜夜笙歌。

我不关心，你来自的远方有多远，我只关心，你到达的时候，我该敲响暮鼓还是晨钟。

别再执着于一个梦的深浅，我相信，不用救生衣，你还可以自己游上来。

这个早晨如此薄凉，如同我掀开了冷漠人的床单。

这个早晨，我像一尊冰冷的雕像，阳光一丝一缕将我暖化，慢慢地，就有了眼泪的味道。

我置身事外。尘世离我这样近，又离我那样远。

我流连在时间的边缘，我喜欢看断崖，它有哲学的意味。对于断崖，最幸福的莫过于崖壁上的藤蔓。

以蔓之心，去拥抱藤。生活就有了依附。

怜悯有时候多么矛盾。我们一边祈祷所有的飞虫都能避开那蛛网，一边又担心蜘蛛会饿死。怜悯，很多时候出自于我们狭隘的内心。一头饥肠辘辘的狮子捕食了一只鹿。我们只同情弱者，怜悯鹿，却忽略了那头饿了很久的狮子肚子里怀着很多只小狮子。它也要生存，也要养育后代。

思想，是男人的花。

思想着的时光，是男人的花样年华。

我静听行人的脚步，如赴约前的急迫。我独坐一隅，数一个人的脚步，数两个人的脚步，数三个人的脚步……直到最后，我把他们的脚步声数成了自己的心跳。

曾经，那些说不出的怨怼，直抵喉咙。现在，随着那心跳落回心的下面。

优人一等的心

优人一等的心，是什么样子?

我家门前有一个剧院，常常会有一些二人转的演出。那欢快的曲调儿常常在傍晚时分响起，整个上半夜的时光就都跟着颠跟着颤了。那里的门票分三个等级，最低也要30元一张。但这丝毫没有阻碍来看二人转的人们，剧院里常常是人满为患。

邻居张大爷是个二人转迷，一辈子就好这一口儿，可是家里的经济条件不好，根本没有闲钱让他去剧院里过瘾。这位爷自有他的高招，傍晚时分背着自家的藤椅，往剧院门口的大喇叭旁一放，美美地躺进去，摇着扇子，在暖暖的风里摇头晃脑地听起来，那叫一个美啊!

剧院的人精明得很，并没有驱逐他，因为他那无比享受的神情，也算是给剧院做了免费的活广告。两下成全，相安无事，乐得其所。

时间长了，张大爷便成了剧院的门前一景。那轻轻摇着的扇子，定是在他的心间扇出了最惬意的风。

这便是优人一等的心。

剧作家沙叶新曾经有过一个鲜为人知的笔名“少十斤”，不细心的人不明就里，仔细看，原来是将自己的名字劈成两半。沙叶新自己开玩笑说“将‘沙叶新’砍去一半，也不过‘少十斤’，可见沙叶新无足轻重，一共才 20 斤。”

胃癌手术后，有记者采访他，他照例幽默不断：“因为癌症，我的胃被切除了四分之三，我也是‘无（胃）畏’的，你想听什么，随便问吧。”

这是一颗多么豁达而轻松的灵魂。把自己看得很轻，人才会松快。

沙叶新是出了名的“犟脾气”，向来都是不媚时、不曲学阿世，在任何环境下，都能做到不降志、不辱身、不赶时髦、不回避危险。有人评价沙叶新，说他是“不为权力写作的老戏骨”，他也确实是个秉承文人风骨的人，不做权力的吹鼓手，坚持自我思考、独立书写，绝不出卖灵魂。

这便是优人一等的心。

妻子喜欢捡垃圾，每次一家人出去吃饭回来，挺贵重的皮包里便都装着捡来的矿泉水瓶子。我觉得丢人，更让我不能理解和讨厌的是，孩子竟然也学她捡垃圾，楼下谁家丢的衣物妻子也都捡回来，破烂的缝补了，脏的洗了，导致阳台上总是堆得满满，像十足的垃圾场。我觉得妻子带坏孩子，让孩子小家子气，短了贵族气质，为此不止一次地和她争吵。直到后来我才知道，妻子每次卖了旧物都会带孩子去看一个没钱读书的孩子，他是妻子和女儿一起在帮助的孤儿。我无比惭愧，妻子这样是带坏孩子吗？她这样，只会让孩子的心，一点一点更靠近了阳光。

这便是优人一等的心。

毕淑敏说，优等的心，不必华丽，但必须坚固。

优人一等的心，不是你有多富贵，不是你有多霸气，而是照比那些庸常，多了一份优雅；照比那些喧燥，多了一份从容；照比那些冷麻，多了一份慈悲。

祖母是一片不知愁的落叶

门半开半闭，如秋之眸。

立秋了，吃过这些饺子，眼前的一切就都变成了夏天的遗骸。它们齐刷刷地排列在你的视野里，令你无力躲闪。比如树上那些坚守到最后的果实，健康地存活下来，把完美的心一直留到晚年。这已经是个奇迹，我们还有必要担心它晚节不保吗？深秋的葡萄，像含冤的眼睛，虽然被秋霜凌辱，却依旧鲜亮，晶莹剔透，闪着不肯谢幕的光。

阳光不再蹦蹦跳跳，像顽皮的孩子一下子变成了少年，一下子就有了心事。阳光开始为那些在秋天里哀愁着的人工作了，为他们摊开伤心的绿，晾晒着寂寞的红。

其实天气还没变，一如往昔，艳阳高挂，心却不知不觉间有了凉丝丝的感觉。因为叶子落了，曾经的青春不复存在，流行歌曲里照旧挥霍着用之不竭的情感，但任凭沙哑的歌喉怎样声嘶力竭地挽留，时光都不再回头，你能做的，只有默默地清扫这满地狼藉。

也有不知愁的叶儿们，它们调皮地打着旋儿，姿态优雅，把生命中的大去当成一次惬意的旅行。

怀念祖母，是从一片叶子开始的，秋天的叶子。

叶子上错综复杂的脉络，像极了祖母的皱纹，但祖母并不悲伤，祖母的额头经常是金光闪闪，阳光喜欢在那里安营扎寨，那令人愉快的微笑常常使她的皱纹像是在跳舞。

在我的记忆里，祖母总是拿着扫把，试图把所有的哀怨清扫干净，只留给我们无忧无虑的鸟鸣。

祖母在那些落叶里不停地翻检，把中意的握在手心。祖母喜欢收藏落叶，这个习惯终生未曾改变。这个习惯让我感觉到，祖母永远不会衰老下去。

我在祖母的书里看到过那些落叶。祖母喜欢看书，她的书里总是夹着各种各样的落叶，仿佛是她为自己的青春留下的标记。每一段青春，都是一片叶子，那些青春的遗骸，无法言说的旧日时光，成了书签，丈量着一本书的里程，时刻提醒着你，哪些句子需要再一次的爱抚，哪些情节需要重温。

我从来没有见过自己的祖父，父亲告诉我，祖父和祖母结婚一年后就去从军了，再也没有回来。作为军烈属的祖母受到了很多人的尊重，然而却没有人可以安抚她内心的苦痛。祖母习惯在那些叶子上面写字，一句半句的，大多都是哀婉的宋词。我想那是祖母用她自己的方式怀念着祖父吧。每年清明的时候，我就会看到祖母去祖父的坟前，把那些写了字的叶子铺满坟头，景象灿烂而华丽。这么多年，我没有见过祖母掉过一滴眼泪，但我知道，她的心就像是蓄了雨的云，轻轻地挤一下，就会泪雨滂沱，只是别人无法看见。祖母的眼泪，只居住在她自己的云里。

不管天气的好坏，祖母总是会大声爽朗地笑，祖母的苦难像一座山，把她的脊背压弯，却压不弯她热爱生活的心。

在那些叶子上写字的时候，祖母是小心翼翼的，仿佛怕碰坏了一份念想。写上了字的叶子，就如同被装上了灵魂，重新活了过来。我想只有祖母懂得那些落叶，也只有那些落叶懂得祖母，她们惺惺相惜，彼此嘘寒问暖。

怀念祖母，是从一片叶子开始的，替那些果实遮过荫凉，从枝头跌落，背井离乡的叶子。

祖母在秋天的离世毫无任何征兆，只是那一天刮了很大的风，院子里的那棵老柳树稀里哗啦地掉落了所有的叶子。其实，也只有风能让叶子喘息或者感叹，在叶子的生命中，风往往扮演着接生婆和送行者的双重角色，所以叶子的心思只和风说，它只和风窃窃私语。

落叶也有遗言吗？在离开枝头的刹那，它和风都说了什么？谁听过它们交代的后事？

那些齐刷刷掉落的叶子们，是去陪祖母了吗？

我想，如果祖母是落叶，那么风一定是祖父。他们之间，有那么多缠绕不清的爱意。

我的祖母，一片写满诗句的落叶，一片不知愁的落叶，把生命中的大去当做一场旅行。

落叶从不惊叫，哪怕你踩到它的脊背。不像雪，不论你走得多轻，都会在你的脚下呻吟，仿佛踩碎了它们的骨头。

落叶从不惊叫，哪怕再多的苦难，它都只是去和风窃窃私语。

我似乎听到了落叶在说：等我，来赴一个灿烂的约会。在此之前，请好好生活，各自珍重！

寻找最适度的风

前几日，一个好多年没有音讯的老同学打来电话，让我颇感讶异。

他是我的初中同学，上学的时候表现出多种才华，夸张点儿说，就是“琴棋书画无所不通”。不肯好好学习，大把的时间都用在这上面，所以后来没有考上高中，再后来便不知去向。

如果这位仁兄肯坚持其中一样，总会弄出点名堂来，可是他偏不。诗歌写得好好的时候，迷上了画画，画得有点味道了，又迷上了音乐。结果可想而知，他是“熊瞎子掰苞米，掰一棒扔一棒”。

问及近况，他说“咱们工人有力量”；问他婚否，他答“本人目前属于非钻石王老五”；问他还写诗不，他说“诗歌已离开好多年”；问他还画画不，他说“画笔丢在青春年少的时光”；问他音乐搞得咋样了，他说“吉他弦已断，尚未修补”。

为他可惜，他却说，那些都不是他最热爱的，最近他发现，他最热爱的是表演。他已经在几个剧组里演过几次群众演员了，感觉很是不错。

我说：“你还折腾个啥啊，别的同学都已成家立业安稳过日子，你却还在外边飘着。”

他信心满满地说："别急，等我哪天演了个男主角给你们看看。"

很多人都会认为他不切实际，做人有点不靠谱。我却忽然间觉得，他像一只快乐的蜗牛，经过叶子的时候，喜欢上了叶子，经过露珠的时候，迷恋上露珠，经过花朵的时候，又爱上花朵……在不同的地方，看不同的风景，未曾不是一种悠然的心态。我想，他或许只是一直在寻找，属于自己的最适度的风。

曾经有记者这样问列侬：为什么你不能离开洋子？列侬说，事实上我可以，我只是不想。这世上没有任何理由让我去离开洋子而独自一人，也没有任何事比我们的关系更重要。没错，离开对方我们都能生存，但这为了什么？我并不想把所有爱牺牲在妓女、朋友或是事业上，因为到了夜晚你最终还是孤独一人，你总不能让追星族来填满你的床。

每个人，都会有自己的孤独，很多时候，不能用言语来表达。孤独感，并不因为一大群人的陪伴而稍有减少，反而，因为热闹更加深刻。在没有克服这个心境之前，经常会突然莫名得失落，尤其是在大家觥筹交错的时候。热闹，可能就是一群孤独人的狂欢吧。

我想，列侬最怕的还是内心的孤独和荒凉。所以，洋子对于列侬而言，是丰润的土壤，是最适度的风。

夫妻间能做到相互包容，琴瑟和鸣，是一种修了几世得来的福气。那样的彼此，便都是对方的，最适度的风。

最适度的风，不疾不徐，恰到好处，不会令你伤风感冒，不会令你迎风流泪，只会让你的心熨帖温暖，就像知心的爱人，懂你的知己，就像儿时临睡前，母亲轻拍的手。

最适度的风，会让喧嚣归于平静，会让拥挤归于有序，会让脏乱归于清新。最适度的风，会将你内心的街道打扫得干干净净，会让你的灵魂愉悦。

每个人都有属于自己的最适度的风，你找到了吗？

冬天是一头圈养的老虎

今年的冬天像一头病恹恹的老虎，始终没有咆哮出威风来。

冬天没有了凛冽的性格，就像那些蔬菜，水灵灵的，个大又好看，但就是没有了以前纯正的味道；就像现在的好男人，没了棱角，没了脾气，只剩下温吞吞的回忆。

记得儿时的冬天，那才叫一个凛冽。冷风的强度很大，如果逆着风走，就得低着头哈着腰，像爬山一样艰难。如果顺着风走，你就可以手操着袖，优哉游哉地享受着被簇拥的感觉。

有时，雪下得开不开门，学校是去不了了，可以在家玩一天的雪。所以，那时是盼着下大雪的，父亲也可以不去上班，和我一样猫在家里，围着烧得红红的火炉，一边在上面烤土豆片，一边给我讲祖先们那些有趣的事，想想真是幸福。院子里的雪，可以下到半人多高，足够掏个大大的雪洞，在那里面待着，竟然一点儿不觉得冷。拿着父亲烤好的土豆片，蹲到雪洞里去吃，惬意极了。

那时的冬天，是一头野兽。高大威猛，昼夜咆哮，令人畏惧。而现在的冬天，更像是一头圈养的老虎。

冬至是数九寒天的第一天，老虎总要有个老虎的样子，于是它装模作样，发威了一天，吼声不断，似乎要挣脱它的锁链。

但就是这最寒冷的一天，我们也会安然躲过。穿上厚厚的羽绒服与它周旋，它奈何不了你。我们从楼道里走出来，刚刚和它短兵相接，便一闪身跳进你暖意融融的车子，发动引擎，寒冷便被我们远远地甩在后头。它张牙舞爪、紧追不舍，但是拿你没办法，它追不上你，只能用它的爪子不停地拍打你的车窗，发泄它的愤怒。仅此而已。

第二天，它偃旗息鼓，又恢复了病恹恹的样子。

这个不寒冷的冬天，使我如同陷入一场瘟疫，肢体麻木，大脑迟钝，感应不到春天的呼唤。

还好，总算有一场大雪如期而至。

人若装扮一间厅室，少不得一段时间鸡犬不宁的折腾。而大自然装扮万物，却只需一夜，而且还是这般的悄无声息。

四季，三季都只是一种经过，唯有冬季，是我甘愿行经三季并快乐前行的鼓励；或许一年，三百六十多天都只是一种过场，唯有下雪的那一晚，才是我最终的期盼。但我在其他的三季，其他的三百多天里欢唱了，哭泣了，生活了，幸福抑或不幸了，然而我终能继续——只要有一场大雪，如同人生里的一场盛宴，只要有那一个人，陪着我看雪，体会那扑面而来的千古苍凉。

从漫无边际的高空飘然而落，它们浩浩荡荡前赴后继，营造了一个美如童话的世界，并且那样的释然于时间、空间和人间。多大的伤，被洁白覆盖都会平静；多少惆怅，都会在层层落雪下渐渐舒张。第一次，我有了想去拥抱寒冷的感觉。拥抱了寒冷，才能更深切地体会到温暖。

忽然间想到：能在大片大片的雪花中，驻足凝思的人，是值得我敬重的人；能在呼号的北风中，从容地行走的人，是值得我钦佩的人；捧着雪，把寒冷当成火焰的人，是值得我爱的人。

一个人的一生，如果没有经历过哪怕一次寒冷，那将是不完整的人生。经历一次寒冷，就是为你的灵魂进行了一次保鲜。现在我真的有些后悔了，我躲开了这个冬天里唯一凛冽的一天。我想我真的不该错过，与寒冷的这一次神秘之约，错过了一次为灵魂保鲜的机会。

当我躲进温暖如阳春三月的写字楼里，隔着厚厚的玻璃窗，尽情地对它做着各种各样的鬼脸时，忽然感觉到悲哀来，我不知道，被圈养起来的到底是冬天还是我们自己。

风是不睡觉的鸟

是风把整个夜晚连接起来。从一棵树到另一棵树，从一朵花到另一朵花，从一滴露水到另一滴露水，从一个梦到另一个梦。风神操着巨大的口袋，向外倾倒这些没有翅膀的乱飞乱撞的鸟。

这个夜里，只有风在穿行，在聚集，聚集之后再散开。

不管风如何暴躁，它终究还是感动了我。它似乎正在试图唤醒什么，像那些不停探究人类心灵秘密的大师。它把整个夜里的花朵放进摇篮，它把整个夜里的鸟赶往天堂。在爱还没有消逝的地方，它的长发，飘成了夜里令人感动的旗帜。它让我相信，在比夜更深的地方，一定有比夜更黑的眼睛，比风更沙哑的喉咙，比棋子更沉重的脚步，在凝视，在歌唱，在行走。

遥远的一点亮光是什么？是慈母等着疲倦的游子归来，是新娘为河对岸的新郎举着心灯，是失魂落魄的酒杯聚到一起，是回忆的萤虫辛苦积攒的灯笼……

我相信每一颗星星都有难言的心曲，相信每一块石头都有一个美丽忧伤的故事，我和风一样，是不睡觉的鸟，在夹缝里也能舞蹈，在低凹处依然积蓄着歌声，生命太美，它的每一个角落都让人不忍错过。

这样的夜，我把自己关在屋里。屋子的四周都是敞开的窗子，仿佛那个全身都在漏水的古希腊诗人。风在我的屋子里自由地打着旋儿，欢快地舞蹈。我坐在屋子中间，任由风掀起弥散着古典气味的长发。我并不想在这个季节里留下言语，所以我默不作声，任凭时间滴滴答答淌成小溪。

我是个嗜睡的人，但今夜，我和风一样，都是不睡觉的鸟。自然中的清香调和成一种特别的气味，各种各样的鸟鸣是无须人来指挥的天籁之音，让我在敞开窗子的夜里醉了。

传说中有一种鸟是没有脚的，它们只能一直飞呀飞，累了就睡在风里。它们一辈子只下地一次，就是死的时候。

这便是我在这个夜里选择的姿势：坚持到底。坚持使我渐渐成为风，成为猎猎作响的胜利的旗帜。

我不忍睡去，我是不睡觉的鸟。我想和风一起，用自己的鸣叫唤醒那些美好的事物，陪着我生生不息地流淌。如果贫穷将我埋葬，我会禁不住放声歌唱，如果流言将我风干，我会等到鲜花怒放。我不是最早到达这个世界的人，但我却是最最不愿撤离这个世界的人，我珍藏这一切，包括黑夜，包括深渊。

这是一个需要用梦来交换的夜晚，在我胸膛里的火焰即将枯萎的时候，我把梦无私地交出去，唤回一个宁静得只有风声的夜。我放弃睡眠，放弃耷拉在枕边的梦，我对自己的心灵有过一个承诺，要给它自由，给它安宁，尽管贫穷，但要时时刻刻听着风声，尽管微弱，但要分分秒秒坚强地亮着。

风在夜里领唱，风把整个夜晚从零点开始分成两半，前一半是记忆的湖水，后一半是畅想的海洋。

月亮清凉凉的，像恪守妇道的贞女，把牌坊标榜到了空中，让尘世的眼睛接受礼教。在今夜的月光下，我是个眉清目秀的美人，一只口含香气的子规，因为我怀揣着世上最美好的心愿。

夜正在慢慢地整理书包，像一个急着放学的孩子，带上种种新奇的想法和少年的一丝梦想的灰烬向黎明的校门奔去。

在淡了一些的幕布上，我看见了另外两个和我一样不睡觉的鸟，一个刚刚走过荒原，一个坐在石头上，满目怅惘。一个是库切，一个是已经走远的路遥，他们正在试图唤醒沉睡的世界。库切眼中的生活就是不停地“在用鼹鼠打洞扒出的泥土造山”他质问自己的灵魂：“所有其他的人都跟生活妥协了，为什么你就不能够？为什么你就不能够？”库切坚持着，在夜的黑里搜索着照耀人心的思想。路遥的早晨永远是从中午开始的，因为他要在夜里与平凡世界里的人们对话，他要在夜里躲避艰苦生活对他的打击。他们让我相信，这个世界是美好的，让人的心头始终悬挂着一盏灯笼。不管夜的黑绸裹住多少龌龊与卑污，不管灯红酒绿中又成交了几桩交易，毕竟是有黎明的，每一次的黎明都让人的生命为之一振，每一次黎明都为人的灵魂注射了一支钙针。

我从今夜渡过去，从一个思想的水面渡过去。我的身体是一个空空的筏子。我渡过去，鞋子却湿漉漉地留在这里。它暗示着，我仍将歌唱着上路，仍将展开自由的翅膀，守在黑暗的夜里，和风一样，做一只不睡觉的鸟。

如果让我住在一棵枯树干里

表姐是个苦命的人，上苍除了给她一副好容颜之外，把其他好运都给收走了——幼年失了双亲，寄人篱下，断断续续的学业，无果的爱，被迫与不爱的人生活在一起……此刻，又遭遇了婚姻里的背叛，表姐选择了毅然决绝地离开。

当我们问她，面对这些苦难，有什么怨言吗？她只是一味地摇头，说：不，我只是习惯了生活。

她说她不再需要安慰，因为不再有谁让她受伤；不再需要逃跑，因为无人再肯追杀一个无所计较的女子。她笑了。这一笑，竟破了茧。

从此，她变成一只蝴蝶。她的生活轻盈而愉悦，没有什么再值得她去抱怨。

在命运的多重击打面前，却依然鲜活如表姐这般的人，总会在暗夜里给我点起绚烂的星光。

在这之前，我曾困惑于自己的牢笼——上天给了我们每个人一本天书，只是愚钝的我们总是无法破译那神秘的空白。只有徒劳地在人世间印证——每一种仿佛的亲密，每一份慰藉我灵魂最深处的不安的情感，每一个让我恍惚就要回到前世的笑容……我该如何努力，才能找回天书上笃定的记载？我究竟能在谁的眼中，看到三生缘定的玄机？我要辨别多少似是而非的闹剧，才能恬静地回归天书上自己的宿命？

与其无法避免，不如顺其自然。表姐的这份从容和淡定，令我侧目。她让我坚信，有些事，我们去主宰，命运就永远击不垮我们。任何事情都讲究一个触底反弹，我们要让自己成为一个皮球，只有到达了谷底，你才能弹起得更高。

表姐从小生活在一个“硝烟弥漫”的家庭，养父和养母都是极具个性的人，这决定了她的家庭是永远的战场。于是她常独自一人流连于学校旁的一片山坡，在这里，天地之间布设了一片灿烂而沉默的儿童乐园。仿佛一个秘密，她和这些花花草草彼此交换着各自的小心思。

从此，亲近自然成了表姐的习惯。她说，偶尔，离开生活一小步，让大自然浸润一下，你将变得无比优雅和豁达。

加缪在《局外人》中写道：我常常想，如果让我住在一棵枯树干里，除了抬头看看天上的流云之外无事可干，久而久之，我也会习惯的。我会等待着鸟儿飞过或白云相会，就像我在这里等待着我的律师的奇特的领带，或者就像我在另一个世界里耐心等到星期六拥抱玛丽的肉体一样。何况，认真想想，我并不在一棵枯树干里。还有比我更不幸的人。不过，这是妈妈的一个想法，她常常说，到头来，人什么都能习惯。

日子像流水一样，所有的人，都在里面清洗着自己，日复一日，历久弥新。

我只是习惯了生活。这是一种妥协吗？不，这是顺其自然的明智，是给一颗心安装的滑道，让一颗心可以滑行到所有它可以触摸的疆域。

如果让我住进一棵枯树干里，我就把自己想象成一只松鼠，身边围绕着清新的空气和数不清的坚果，兀自笑出声来；如果让我住进一棵枯树干里，我就把自己想象成一只啄木鸟，不停地啄，总会啄出令人惊喜的小虫子；如果让我住进一棵枯树干里，我就给爱的人写信，告诉她此刻的云朵镶着怎样好看的金边，告诉她此刻的风，快递了几两花香到我唇边，托运了几斤鸟鸣到我耳畔；如果让我住进一棵枯树干里，我就随心所欲地把一个美梦翻来覆去地做上一遍又一遍……

如此，我也会，什么都能习惯。

第三辑

宠溺一颗清雅的心

自己做自己的火焰，心灵才不会挨冷受冻；自己做自己的上帝，祷告才不会孤独地飘在风里。

时间的拐杖

我看不见时间的白色绒毛，却感受到那双巨大翅膀的飞翔。

在不同的人心里，时间扮演着不同的角色，有时候是恶魔，有时候是天使，时间带给你煎熬，也带给你愉悦。

周传雄在歌中唱道：感情像个闹钟，按一下就停。

阿赫马托娃在诗中写道：我活着，像座钟里的布谷鸟，我不羡慕森林中的鸟儿们。上紧了发条，我就咕咕叫。你要知道，这种命运，我仅仅希望，仇敌才会拥有。

年轻人即便穿着时间的跑鞋，也跑不到时光的前头去。年老者拄着时间的拐杖，也不会被光阴落下太远。时间就是那样的东西，你快，它也快，你慢，它也慢。

时间，是一个人心灵的疆域。

和厌恶的人独处，一天犹似一生漫长；和心爱的人相拥，哪怕一秒，也是永恒。

早晨在公园锻炼的时候，看见一对老两口步履蹒跚。显然，老头儿的脑血栓看起来很严重，在一个小栏杆前，怎么迈也迈不过去。老太太在那边急了："你给我刚强点儿，就这么个小栏杆，今天迈不过去咱就甭想回家了。"看着老头儿一次次无功而返，满头汗水的样子，我实在不忍，走过去想帮他一把，没想到凶狠的老太太连带着把我也一顿呵斥——不许帮他！

我不禁有些不悦，这好人还做错了吗？

老头儿咬了咬牙再一次抬起腿，成功了。老太太转怒为喜，拿着毛巾给老头儿擦汗，对我也是歉意有加——"小伙子啊，大娘知道你的好心。可是，你扶的，是这么一次，我扶的，却是他的一辈子啊。"

老太太接着说："我们都没有太多的时间了，更别说可以自己走动的时间了，所以啊，我得让他再多走几步。"

多走几步，那是老人在用蹒跚的脚步多吻几次今生的路。

看过这样一个故事：一个农妇在墓地为她亡去的丈夫哭得死去活来，一位哲学家路过劝说她节哀顺变，并列举了从古至今的诸多伟大人物曾遭受过的比她失去丈夫更大的不幸，"可他们不都很坚强地好好活着并做着他们伟大的事业吗！"然而，农妇对此充耳不闻，仍旧一味地哭泣。哲学家很为农妇的愚昧生气，转身走掉。

过了一些时日，一天，农妇前去为亡夫扫墓，意外地看到哲学家在一座新坟前痛哭流涕。在哲学家断断续续的诉说中农妇才明白，原来哲学家刚刚失去了他的小儿子。农妇不太会说话，便想到用上次哲学家安慰她的话去安慰眼前这个伤心的老人。"这没有用！"哲学家老泪纵横，"说什么都没有用，我的心都碎掉了。"

时间又不知过去了多久，一天，两人在田野中再次相遇。从对方平静的神态中他们看出彼此都已从往日的伤痛中走了出来。

这个故事本意是告诉人们当伤害来临时，要试着去学会拥抱它，像拥抱一棵荆棘树那样。人，终究要靠自己来站立。

我感受到的却是时间的魔力！

每一种或惊喜或悲伤的经历都只是一种经过，从现在开始，每一步，都开始走得真实，像一朵花不再为蝴蝶的赞美去开放，但它开放；不为秋天的一滴眼泪而凋零，但它凋零。

在自然里，没有悲怨，也没有疼痛，只有一种经过。像雨滴经过天空，经过房瓦，经过屋檐，掉下来，在地面上溅起水花。经过水花，经过尘土，经过流动和静止，以及风和云的幻化。或者下沉，或者上升。无意执着于一场相遇，也无心挣扎出一份永恒，就那么天收地藏，没了影踪……终于把自然和自己的人生融在一起。

终于知道霜林尽染和悲哀无关——是自然经过了它。是的，我们的生命必然要被自然经过的，而我们，经过情感！

“世界这么大，找不到一个可以哭泣的人，落日下的山河，该消失的都消失了，唯余你我。最冷的日子，把自己披在身上取暖。”（大卫语）

自己做自己的火焰，心灵才不会挨冷受冻；自己做自己的上帝，祷告才不会孤独地飘在风里。即便有一天老去，也不必伤怀，时间的拐杖，会轻扶着你我，不让我们在悲伤里猝然倒地。

一首背井离乡的诗

她说，“我不是去流亡，而是换一种更好的方式活着。”

她说她不是叛逆的植物，她的根在故乡，她只是一首背井离乡的诗。

不论那诗句多美、多忧伤，都在和故乡的根押着韵脚。

只有背弃了心的人，才是真正的背井离乡。而她不是。

尽管故乡离得很远，远得连记忆都有些追不上。这样的凄惶，是人心上看不见却是最深的伤痕吧。

有时她在想，即使一棵树上万千叶子中最卑微的那一枚，不同样要经历浩荡的“秋劫”？一场场冰冷的雨，一次次似雪的霜，一阵阵蚀骨的风，一回回摇摇欲坠的恐慌……谁避免得了人世的痛楚，哪枚叶子避免得了被拖入深秋时的凄凉？

叶子落了，也好。可以归根。

这样想的时候，她终于释怀，坐下来，冲了一杯浓浓的咖啡。

这是一个漂泊在外的女人，在寂寥的时刻，为自己补的妆。

或许，这便是生活。

看过一部叫《醉马时刻》的电影，讲的是两伊战争时伊朗的故事。在贫瘠的两伊交界地带，因为战争的残酷，那里的人民生活非常贫穷，只有靠畜力来运输走私物品方得维持生计。看到为了救自己重病的哥哥，妹妹准备远嫁伊拉克，而嫁妆只是一匹瘦小的马时，我被骑在马背上的同样瘦小的、哭泣着的妹妹的眼泪打动了，这两个一直对立着的国家，妹妹嫁过去，不知道会过怎样的生活，不知道会遭遇什么样的命运，她的丈夫是什么人，她什么时候才能回到自己的祖国。

这个背井离乡的女孩，是一首伤感的诗。

我枕边的一本书上，有宋美龄在惊闻宋庆龄逝世的噩耗后的一段谈话记录：

“我本不该惊悚若此等情形的。二姐久病，已非秘事。我之所以惊悚与其说是因了她永去，不如说是因了这永去留给我的孤独。

“好在孤独有期，而重逢是可待的。

“此刻，往事愈远愈清晰地现于眼前。

“二姐的性格却与我迥异。她是宁静的，我是活跃的。她是独爱沉思的，我却热衷于谈笑。多少次同友人们聚谈，她总是含笑静听，有时竟退到窗下帷边去；但我说笑最忘情的那一刻，也总感觉着她的存在。她偶尔的一瞥，或如摩挲，或如指令，都在无言间传予了我。

“三姐妹中，挑起些事端的，自常是我。而先或为了哪个洋囡囡，后或为了那条饰带，在我与大姐间生出争执的时刻，轻悄悄走来调停的也总是二姐。她常一手扶着我的肩，另一手挽了大姐的臂，引我们去散步；争执也就在那挽臂扶肩的一瞬间消去。

“此刻，遥望故国旧都，我竟已无泪。所余惟一颗爱心而已。这爱心，也只有在梦中奉上。”

读到此，我不禁唏嘘不已。所幸还有梦，可以将一颗破碎的心愈合。在梦里，两个被政治活生生拆散的姐妹，注定无法融合到一起的两颗最耀眼的星，抛开了不同的政见和仇怨，拥抱到了一起。

而宋美龄，也算是一首背井离乡的诗吧。

我读过这样一首诗：

那个女孩在门槛边擦鼻涕。
那个少女在田野抹额上的头发。
那个姑娘在发廊里洗头，眼睛
从镜子里的眼睛后躲开。
那个小姐在黑夜的旅馆打开自己，在黎明的出租屋
用眼泪缝补。
那个女人在异乡
遭到生活的A级通缉。
那个老妇的骨灰在火葬场
无人认领。

这已经不是一首简单的背井离乡的诗了，而是一阕关于一个凄苦的女人一生的悼词。

如今，我也在外面。与故乡遥遥相望。

我是一首背井离乡的诗。乡愁是我的韵律。

正如我的记忆，有母亲路过的地方，就有温馨。哪怕在睡梦中，我的唇边也一样开着不败的幸福的笑靥。每个人，都有属于自己的一片海洋，有些人，一辈子只在梦中抵达。有些人，无时无刻不在它的身旁徜徉。

不管你走多远，不管你走多久，母亲和故乡，永远是我们灵魂外面最温暖的两件外衣，永远是我们灵魂里面最亮的两盏灯。

别忘了穿，别忘了拧亮。

你的扣子会在什么时候掉落

早上等通勤车的时候，一个同事大汗小流地跑着追过来。上了车，和我们说起迟到的原因。

他说早上本来起得挺早的，洗完脸吃完饭还有一段时间，他优哉游哉地看起电视来。他很久没起这么早了，觉得时间宽裕些真好，不必再火燎屁股一般忙乱。

因为时间充裕，他一直显得很悠闲。还剩5分钟的时候，他穿好衣服刚要下楼，发现一粒扣子掉了。这下坏了，马上要到点儿了，现补扣子明显来不及，只好重新换了一套衣服，时间紧了，节奏一下子变得慌乱起来。

刚开始的那点悠闲时光，因为一粒扣子的掉落而重新被打乱。

一粒掉落的扣子搅扰了一个早晨的从容!

人生总有很多事是始料不及的，你不能确定下一秒会发生什么，所以，我们要尽量做到“未雨绸缪”。

尽量做到在那枚扣子没落掉之前，先把它补牢。这个扣子就是生活的一个象征，它可以代表生活中的一些令人烦恼的小事，那些尾随而至甩都甩不掉的鸡毛蒜皮，这些事扰乱了我们的早晨，甚至扰乱了我们一生中的很多岁月。

其实，我们只需提前哪怕 5 分钟，提前 5 分钟穿好衣服，那么这个早晨依然是个从容优雅的早晨。一切就都没有改变，还是那般美好惬意。

给生活一个提前量，就是给心灵腾出了一个操场，让它可以有一个做早操的时间和空间。

当下的俗世太多斑斓，太多诱惑，太多选择。而我们能做的只是提前准备好自己。提前准备好一副健康的身体，提前准备好一株向上的心态，提前准备好一捧坚强的意志，提前准备好一沓乐观的心情。生活不是生存，但是生活的最根本却是要活着。时时刻刻准备好最巅峰状态的自己，才能不被生活所选择，而去选择生活。

张学友说过，“我衷心希望有一天能提前准备好自己，好好上一次春晚。”他不是耍大牌，他是怀着对春晚的敬畏。流行天王尚且谦恭至此，那些刚出道的“小红人”们，是不是该汗颜呢?

同事在早晨掉落扣子的事情，如果发生在另外一个人身上，或许还可以有另外一种发展轨迹——这个人即便看到扣子掉了，也没慌乱，仍旧穿着它去上班了，结果自然是被人扣了一顶“不修边幅的邋遢鬼”的帽子。这对他人生的负面影响必然会更加深重。

所以，不管换成哪种故事情节，都改变不了灰色的结局。所以，给自己的心一个足够的提前量是多么重要。

因为人生就是这样无常，一粒扣子，看似缝得结实牢靠，但你永远不会知道，它将在什么时候掉落。

灵魂的三双马靴

我有这样一个表哥，在他们村里也算是首屈一指的富户，但因投资失误，在年过五十的时候，落得个外债累累。

他是一个好人，不论谁有了难，找到他，定会施以援手。这么多年，光是施舍给别人的钱就不计其数。对妻子也是宠爱有加，按理说，表哥长得帅，还有钱，可是却从没有花边新闻，他对妻子的好，十里八乡的人都知道。这种好，还不是单纯的宠溺，更重要的，是他始终保持着浪漫的爱，出门哪怕两三天，也会给妻子写封信。看清了，是写信，而不是打电话。往往人都已经回来了，信才刚刚到了妻子的手上。不管去了哪里，不管远还是近，回来总要给妻子带个礼物。两个人常常在晚饭后，手拉手地漫步在夕阳余晖里，这在农村绝对算得上惊艳一景。

他还是一个优雅的人，喜欢看书、喝茶，他总说，一个人要跟上时代，就必须学会不断补充知识，不然很容易被时代淘汰。尽管他最终家财散尽，依然书不离手、茶不离口。

在外人看来，他最终还是失败了，可是我认为恰恰相反，他因为失去钱财而使自己的人生达到了一个更圆满的境地。

一个人真正的成功是回到亲人身边，让自己的心灵富足而纯净！

前几天，他在村子里圈了一片地，用推土机压得平平整整，然后告诉亲朋好友们，谁家没地方放粮食，可以放到那里去，他雇了个人免费为大家看管。所有人都觉得他是有利可图，要么是打算收粮，用这种办法囤积粮食，然后卖个好价钱；要么是想着赚些看管费，毕竟他现在还是很缺钱的。可是所有人都错了，他说他年轻的时候，光想着怎么赚钱了，没有为亲戚们做点什么，心里很过意不去。今年，看到大家打了很多粮食，却没有地方放置，他便想到了这么个办法，也算是为亲戚们尽一点绵薄之力吧。

罗素在《我为何而生》中曾对自己做过这样的概括："对爱情的渴望，对知识的追求，对人类苦难不可遏制的同情，是支配我一生的单纯而强烈的三种感情。"

很巧，这三种情感，在表哥身上，淋漓尽致地体现出来。我为有这样的亲戚而心生感动！

灵魂要在荒原上纵横驰骋，必须要有一匹信仰之马，罗素所归纳的三种感情便是你要穿上的，灵魂的三双马靴。

冈察洛夫笔下的奥勃洛摩夫，是个富甲一方的地主，衣食无忧，对物质财富不再眼露凶光，甚至颇有几分厌倦；可贵的是，他有着"黄金一般美好的心灵"。但是，他实在太懒惰了，懒得起床、懒得写东西、懒得出门、懒得搬家、懒得去乡下，甚至连爱情都无法振作他。最后，这个善良的人一事无成地默默死去。

之所以有这样的悲剧，究其原因，是他的灵魂懈怠了，睡着了。他找不到载着灵魂奔腾的马，自然，也就无法穿上，那灵魂的三双马靴。

一支钢笔的幸福

女儿放学回来，忧心忡忡地跟我说，她们班级里一个品学兼优的学生赵雪可能要辍学了。

哎，她学习比我好多了，人也好，我们都很喜欢她，怎么会这样！女儿不停地叹着气，为她感到惋惜。

女儿对我说，赵雪的父母两年前就离了婚，她跟着父亲过。父亲下岗在家，染上赌瘾，把家底输空了，欠下一屁股债，还整天喝得醉醺醺的，喝多了就哭天抢地，满世界地去忏悔。她说下期的学费还没有着落，她说她不想念书了，她要出去打工替父亲还赌债。

但愿她能打消那个念头。女儿喃喃低语，她希望赵雪的明天能够柳暗花明。

事与愿违。第二天，女儿担忧的事情果然出现了。

赵雪没来上学，托人捎了纸条给老师，说，老师，对不起！辜负了您的期望，没能在您的关爱里开花。老师有些哽咽，她不想看到，一朵花的凋零。

作为最要好的朋友，赵雪在那个傍晚，来到我的家里，和女儿告别。

看着她哭得红肿的眼睛，女儿一时无措，不知道该怎样安慰。

她把她的钢笔送给了女儿，强挤着笑脸开玩笑说，这是一支可怜的钢笔，跟着她连墨水都不能灌满，总是饿着肚子。就让它跟着你吧，跟着你，钢笔也幸福了。

钢笔的幸福，大概就是不让它饿着，不停地为它灌满墨水，让它写出干干净净的字来吧。

女儿怔怔地愣在那里，她忘不掉那个哭泣着跑掉的背影。

女儿把那支钢笔握在手里，感觉沉甸甸的。她打开作业本，准备用它来做作业，才知道它的肚子被涮得干干净净。她挤了一下，有干净的水珠滴落下来，洇了洁白的纸，仿佛泪水。

女儿赶紧把它吸满墨水，她只想用浓墨重彩掩藏它的眼泪。

女儿收藏起那支钢笔，她想赵雪总有一天会重新回到教室里来，她要把它还给她。

女儿开始了她的“救援计划”。她先是发动所有的同学，一起帮赵雪“打工”，说是打工，不外乎就是帮父母做些家务，在家长那里讨些零钱。积少成多，同学们很快凑齐了赵雪下学期的学费。紧接着，女儿带着同学们找到了赵雪的家，像一帮小干部慰问群众似的，和老赵大谈利害关系，老赵支支吾吾地表示，保证让赵雪回到学校去。

老师也没闲着，帮赵雪的父亲找了一份工作，替他交了风险抵押金。

你可要好好干啊，不然我的押金就拿不回来了。老师说。嗯嗯嗯，老赵搓着手，激动得不知所措，只是一个劲儿地躬身道谢。

轮到我们了。这种事，女儿是断然不会放过我这个“慈善家”的。果然，她今天变得格外乖巧，把家里收拾得井井有条，还破天荒地为我和她妈妈煲了粥。太阳打西边出来了吧！我早就看穿了她这点小把戏，就等着她接着表演呢。

爸爸，你说赵雪怎么样？

什么怎么样，挺好的孩子啊。

我是说，人家没少帮助我，每次有不会的题什么的，都是她来教我。

嗯，是啊。我打着哈哈，故意不上她的套。

可是她现在有难处了，咱能不能……

我接了个电话，借故走掉了。看着她的窘态，心里窃笑。

夜里，我和妻子商量着怎样资助那个孩子。

总不能眼看着那么出色的孩子就那样耽误了，妻子说，不如我们每个月拿出100块，为那个孩子建个小基金吧。自私点说，那孩子将来肯定错不了，咱也能得到回报呢！精明的妻子想得还挺远，管她呢，先解决了眼前的事情再说。

我们把这个喜讯告诉了女儿，女儿高兴得眼里含满了泪水。她喃喃地说，我还以为你们不肯帮她呢。

钢笔饿了，就得给它灌墨水啊！我们和女儿会意地笑了起来。

赵雪终于回到了课堂。开家长会的时候，赵雪的父亲红着脸，当着全班师生和所有家长的面，郑重地承诺，无论如何，也不会再让孩子辍学。接着又开始了他声泪俱下的忏悔，只是这一次，他没有喝酒。

女儿把灌满了墨水的钢笔还给赵雪，悄悄告诉她，她的钢笔不会再饿了，她的钢笔一定会很幸福、很幸福。

春天的魔法师

他是一个酒鬼，人人都像躲避瘟神一样躲着他。越是躲他，他就越是讨人嫌，不是敲敲你家的门，就是拍拍他家的门，再猛吼几嗓子，搅得人家鸡犬不宁。

他在人们鄙夷的神色里缩着身子，苟延残喘地过活。

他是生活中的不幸者，妻子出车祸，孩子得了重病，双双离他而去，他每日里只能借酒消愁，每一次都酩酊大醉，恍如隔世。他清醒的时候很少，或许他最怕的就是清醒，回忆要漫上来的时候，他就用烈性的酒把它们压下去。

他怕回忆，因为他的回忆里都是鲜红的血泪。

曾经，他是一个酒吧的歌手，充满激情地歌唱生活，歌唱爱情，歌唱所有打开窗子后扑面而来的事物，然而，自从悲剧发生之后，他的屋子里再没有了歌声。曾经被他视为生命的嗓子，他也不再去爱护，那些烈性的酒烫伤了他所有附着音乐的神经。

他的心底，早已没有了歌。

没有人和他说话，所有人都躲着他。包括满巷子奔跑的孩子，大人们告诫说，小心他耍酒疯，会打人的。孩子们便都很怕他。

他寡言少语。他的院子死气沉沉。他和我同龄，但看上去却像我的长辈。

春暖花开的一天，小外甥的皮球掉进了他的院子里，不敢去拿，平日里从不和他说话的小外甥，没有办法，炸着头皮冲他的屋子喊道：爷爷，爷爷。他半醉半醒地从屋子里探出头来，不大相信有人叫他。使劲揉了揉眼睛，确认了小外甥在叫他爷爷时，满脸堆笑，问小外甥有什么事情。小外甥说，爷爷你帮我把球捡回来好吗？他乐颠颠地跑过去把球捡回来，竟然隔着栅栏在小外甥头顶做了一个灌篮的动作，还滑稽地冲小外甥做了个鬼脸。谢谢爷爷，小外甥接过皮球，对他说，他们都说你可怕，可我看你一点都不吓人。然后快乐地跑开了。

他在那里怔怔地呆立了很久，忽然抬头看了看太阳，太阳很暖，他却打了个冷战。

他把自己沉在谷底太久了，一直都冷。

他再一次抬头看了看太阳，太阳很刺眼，但他没有躲避，他忽然想用阳光来取取暖。

他一点都不吓人。小外甥奔跑在那个春天，到处为他辟谣。渐渐地，到他院子里来玩的孩子越来越多。小外甥领着伙伴们常常一边玩耍一边帮他打扫卫生，当然，他院子里最多的垃圾是酒瓶子。

他在院子里做了个很简陋的篮球架子，他就坐在门口看着孩子们在那里玩着投篮的游戏，不自觉地，他轻轻哼起了歌谣。很久没有唱歌了，那些音符怯生生地从他的嗓子里蹦跳出来，虽然有些沙哑，旋律却依然很美。

这突如其来的变化让邻居们都很吃惊，更让人吃惊的是，他竟然摔掉了所有的酒瓶子，他说他要戒酒，他要保养嗓子，他要重新去唱歌。于是，每个清晨，每个黄昏，都能听到他动听的歌声，虽然也有哀怨，但音乐的光环笼罩着他，那些快乐的音符在慢慢分解他的忧伤。

在那个简陋的篮球架下，他为孩子们举办了一次小小的个人演唱会。他不停地唱着，孩子们不停地为他伴舞，为他鼓掌。邻居们也过来凑热闹，他的院子热闹极了，门庭若市，莺歌燕舞。那天，他刮了胡子，穿上了漂亮的演出服，清清爽爽的一个人，他真的还很年轻。小外甥有些不大相信自己的眼睛，这还是那个爱耍酒疯的爷爷吗？

当然不是，我点着他的头说，你应该叫他叔叔。

可是他怎么一下子变年轻了呢？小外甥依然不依不饶地问。

因为有魔法师啊。我笑。

哪一个是魔法师？

春天、爱、阳光和歌声，所有一切滋润心灵的事物，当然还有你，我可爱的孩子。

宠溺一颗清雅的心

和朋友聊天，他说很羡慕我，总能活在诗情画意里。

“难道你没有吗？”我问他。

“我在倔强地留着它们。”他说。

一个“倔强”，说得极好，无奈的纸团捏出一朵花来。

或许我们的时间被排得满满，或许你像个陀螺一样，但总会有办法给自己留下那么一个诗情画意的“缝隙”，比如买束花，比如扫扫灰尘，比如弹弹琴，写写字，比如买各种壁纸，给每个屋子换上不同的颜色，哪怕仅仅是为了换换心情。从这些小事入手，看似没有改变什么，其实是在宠溺着我们那颗清雅的心。

一颗清雅的心，对于一个人来说，就如同心底最自然的喜欢。那是夏虫对夏夜的喜欢，是一个人对一首恰好迎合了他心境的歌儿的喜欢。

高尔基说，一个人年轻的时候，对他来说，“庸俗”不过是一种有趣的或者无关紧要的东西，可是它逐渐把人包围住，它那灰色的雾像毒药或者炭气一样地浸入了他的脑子和血液，这样一来他就变得像一块起了锈的旧招牌：那上面一定写得明白是什么行业店铺，然而究竟是什么呢，却已经认不出来了。

一颗清雅的心，其实就是一颗把欲望剥离得很远的心，清雅的心，不是你多么清高，对什么都充满鄙夷，而是对一切都心怀热忱。

孙犁写了《铁木前传》后挨批，精神衰弱很厉害，痛苦异常，到了崩溃的边缘。他在散文《黄鹂》中写道："前几年，终于病了。为了疗养，来到了多年向往的青岛。春天，我移居到离海边很近，只隔着一片杨树林洼地的一幢小楼房里。有很长的一段时间，我一个人住在这里，清晨黄昏，我常常到那杨树林里散步。有一天，我发现有两只黄鹂飞来了。"于是，"观赏黄鹂，竟成了我的一种日课。"在另一篇《石子》中他写道："在青岛住了一年有余，因为不喜欢下棋打扑克，不会弹琴跳舞，不能读书作文，唯一的消遣和爱好就是捡石子。"据和孙犁有交往的林斤澜说，观赏黄鹂治不好他，捡石子治不好他，最后治好他的是拆装手表！把手表慢慢拆掉，又把手表慢慢装好。一遍又一遍，一日又一日，周而复始。

生活若失了乐趣，那生活便如同一潭死水，激不起半点涟漪。

孙犁不断地在死寂的生活中寻找着乐趣，宠溺着那颗清雅的心，才有了坚强活下去的意志。日本作家檀一雄是靠不停地做菜来摆脱疯狂。他的同为无赖派作家的两位朋友，太宰治投水了，坂口安吾服毒了，而他靠做菜来静心，用给大家带来欢乐的方式来遏制自己疯狂的念头得以寿终。正是这种对待生活的乐趣，让他的心灵，一边向上，一边沉潜，得以一点一点地靠近天籁之境。

倔强地和世俗叫板，不肯落入那俗气的泥潭，这就是我们，葆有一颗清雅之心的秘诀。

阳光请柬

绵绵不尽的雨一直下了半个多月，把人的心情淋得坏透了。直到今天早晨，下了很大很大的雾，而有雾的早晨一定是个好天气，这酷似预言的话不知是谁说的，格外灵验。

整个早晨都蒙着白纱，太阳睡了半个多月的觉，懒懒的好像还是不愿起床，铁嗓子公鸡拉长脖子大喊大叫，总算把太阳从睡梦里给叨了出来。

雾轻轻地散了。这透明的早晨，我惊讶它的美丽，惊讶它未染一尘的纯净。尽管我知道这种纯净不会持续多久，但毕竟有这一刻，可以让灵魂自由自在地飞翔。不必担心欲望的烟将它熏黑，不必担心名利的枪口射穿它的翅膀。让它去与博大的自然做一次倾心的交谈。

今天的阳光真好，我想把身上的每个细胞都打开，让阳光进入。

所有的门窗都已打开，友善的阳光普照着我的每个角落，弹一段舒缓的曲子，翻开心灵的《圣经》……

清爽的风跟着阳光一起到我的房中散步，用一双慈爱的手抚慰我心中的神灵。一盆幽幽的兰花，在阳光的恩赐下散发着芳香。我的窗口迎来了许许多多的客人，蝴蝶、蜜蜂、瓢虫，还有一些我无法知道名字的小东西在慢慢蠕动，张开它们潮湿的翅膀，在阳光下晒着。

我把衣柜里的衣物统统拿到了院子里，让霉气在阳光里挥发，让透明的风拂去灵魂上的尘埃。

我把书房里的书籍拿到阳光下晾晒，让那些古人和圣贤的箴言警语在阳光下充满永恒的活力，让那一本本动人的故事在阳光下拥有更多的掌声与喝彩。

我忽然想起了那个黑色的箱子，许多年了，我一直不敢再开启它。那是一把把割伤我的刀子，一场场足以将我撕裂成碎片的爱情，我生命中的暗疮，我的阴影。

但是有阳光的地方就会有阴影，我们不可能甩掉自己的影子，除非永远地抛弃太阳。那么，就让我再一次开启这个黑色的箱子吧，把灰色的日子全部放飞，让激情重新回到我的掌心。

很多很多的信件安静地卧在箱子里，那是我用年少的时光葬掉的爱情。它们像一具具少女的美丽尸身躺在棺木里。我忽然感觉自己像一个卑劣的盗墓者，要盗取某些贵重的随葬品，但这种想法一闪即逝，因为阳光正在深入人心，透过那层层屏障，像一把利刃，闪着寒光，刺破人内心的种种顽症。

那些信件被我一字铺开，阳台像一个硕大无比的晾晒场，晾晒着陈年旧梦。那些万劫不复的悲剧，在阳光下被撕去一层坚硬的皮，鲜血汩汩直流，灿烂无比。而我，重新立在悲剧的镜子面前，看自己的伤口如何开成美丽的花朵。

太阳，云端的精神之父，每天都在给我们输血，每天都在给我们补充营养，我们没有权力不好好地活着，没有权力不去倾听它的教诲。

太阳赐予你伤口，就是为了让你懂得和珍惜伤口之上开出的幸福的花朵。

从现实的谷底开始爬起，向理想的峰顶爬去，我们在阳光下活着，推着巨大无比的石头爬到山顶，又滚落下来，然后再推向山顶，周而复始地重复着古老而又沉重的劳役。这是云端上的父亲给我们备下的作业，永远没有做完的一天。

不管怎么样，阳光永远是我们幸福的指向。纷纷飘下的落叶，漫天飞舞的蝴蝶与蜻蜓，或者冬天里一片片晶莹的雪花，都是阳光送来的请柬。

拾起散落一地的阳光请柬，去领受这份邀约……

差一点忘记你，父亲

斌子的父亲癌症晚期，查出来的时候正是深秋，医生对斌子说，做好心理准备吧，最多还能活三个月。尽管孩子们极力想瞒着，但父亲终究还是知道了这一切。

我们去医院看他，他明显消瘦了很多，以往那个爱说爱笑的小老头忽然变得伤感起来，一个劲儿地掉眼泪。我们只当他是因生命即将逝去而禁不住的喟叹，一切安慰都显得那么苍白，于是我们也都跟着选择了沉默。

半年之后，斌子的父亲安静地走了，表情很安详，嘴角似乎还残留着一抹落在尘世里的微笑。

“父亲一直都很乐观，包括死亡。”斌子和我说，“你知道刚开始住院的时候父亲为什么长吁短叹的吗？”

“难道不是因为大限将至吗？临终的人总是习惯于这样悲伤的。”

“不，你错了。父亲就算是临终的时候惦念的也是我们。他和母亲说过，说自己病得不是时候，天冷了，现在要是死了，孩子守孝要挨冻了……”

斌子的父亲最后比医生预测的多活了两个月，我想，他大概就是为了不让他的孩子们守孝挨冻，忍着不死，一直等到春暖花开。

我被深深地震撼了，我想到了我的父亲。我已经很久没有给父亲打过电话了。

电话打过去，几乎没有等待，就响起了父亲的声音。这让我更加觉得愧疚，我想晚年的父亲除了吃饭睡觉，唯一的活动就是守在电话旁边，一直在等着儿女们的电话吧。

“爸，少抽烟，多运动，晚上出去下棋记得披件外套，心脏不好，就别总喝酒了。别担心我，我在这里很好，只是很想你而已。”父亲在那头一个劲地“嗯、嗯、嗯”，好像一个在听着老师劝诫的乖学生一样不停地点头，满脸的谦卑恭敬。一下子，我感觉到父亲真的老了。

父亲，生命中最重要的那个男人，年少的大多数时间都是他陪伴我，骑车载我去球场，牵着我的手去野外，在海边为我用沙砾堆起城堡，还有那次我特别不想让他出现的家长会，他牢牢握住我的手令我无法逃掉……我的记忆慢慢延伸开来，从什么时候起，这个男人的身影渐渐淡去，变得不那么强壮——是从我因为失恋彻夜未眠的时候起吗？是从我踏上北上的列车漂泊流浪的时候起吗？是我在人心叵测的职场上摸爬滚打的时候起吗？是的，当我的脸颊有了青涩的胡茬，当我的手臂变得粗壮有力，当我坐在转椅上沉默、疲惫，因为时间而焦虑，因为忙碌而孤独的时候，我已经很久没有想起他了。是的，很久，差一点忘记。

看过一个小故事：两条小鱼一起游泳，遇到一条老鱼从另一方向游来，老鱼向它们点点头，说：“早上好，孩子们，水怎么样？”两条小鱼一怔，接着往前游。游了一会儿，其中一条小鱼看了另一条小鱼一眼，忍不住说：“水到底是什么东西？”

我觉得自己就像那条小鱼，每天游在漾满亲情的水里，却不知道水是什么。

我在电话里告诉父亲，这个月末会请几天假回去看他，我说我想喝他煲的地瓜粥，想和他下一盘棋了……

一辈子要强的父亲，竟然在电话那头，轻声地抽动鼻子。尽管他一再大声地说着“好好好”，我却分明感觉到了他落下的那滴眼泪。

重如千钧。

火把在前，笛声在后

夕阳沉下去了。为什么是“沉”，不是“落”？为什么每次我都要这样悲伤地描写落日？想想，任何伟大的生命都有休息的时候。剩下的是夜路，那又何妨？

如果你恐惧夜路，那么肯定是你没有见识过夜路的美？我指的不是城市里的灯红酒绿，而是城市之外，没有路灯但是有月光和星星的夜路，还有风，还有暗夜里涌动的花香，还有争分夺秒，不舍昼夜恋爱着的鸟儿。

儿时，我趴在母亲后背上，脸像烧红的火炭，炙烤着母亲不敢停歇，一路小跑着奔向 30 里以外的小镇。那里有医院，有信得过的医生。母亲气喘吁吁，却不停地逗着我说话，“帮妈数数天上有多少颗星星啊。”

“我数不过来，好多好多。”

“地上的每一个人就是天上的每一颗星，你找找看，看能不能找到妈妈。”

“找到啦！在那里。”我指着一颗划过的流星，兴奋地喊着。

“怎么会是那颗流星呢？”

“因为它也在跑啊，就像妈妈这样，在跑啊。”

小鼹鼠不停地打着洞，它想掩埋月亮。像掩埋一枚坚果一样，留着过冬。可是它发现，自己是徒劳的，月亮怎么埋也埋不起来。干脆，就看一会儿它啊。

它仰躺到了地上，让柔软的肚皮对着月亮一起一伏，月亮还真是美啊！

对月亮，它既爱又恨，爱月亮的清辉照着自己，让自己看起来更美丽；恨月亮把自己暴露给了它的天敌，使自己时刻处于危险之中。可是要欣赏美丽的月亮，不冒点险怎么能行呢？

它爱恨交织的心啊，随着风，一跳一跳，像不熄的烛焰。

我就像那只小鼹鼠。没有月光的夜晚，请不要逼迫我写作。即便写了，也是没有灵魂的砖块，砌不出金字塔，砌不出古楼兰的神秘城堡。

我的文字，只属于有月光的夜晚。这是我与文字的秘密之约。

我的文字，永远只在有月光的夜路上奔驰。

我抬头，看见月亮正在抄小路回家，急匆匆的，只是为了给我暖一暖被褥。让我的梦，不至于忍受风寒。

如果，仍然找不到那条通向亲切和爱的路，我将越来越害怕黑夜——如果走近的人，总在欢笑之后留下伤害，总在承诺之后开始背叛，在我所不能了解的复杂里，总堵塞着诡异的无奈。我是多么害怕天黑啊！多么害怕那些我不了解的冰，它幽黑无形的在我的身边，悄悄堆积成重重的城……

夜路，你会看到乌鸦吧，比夜更黑的乌鸦，因为有雪，才把它们显露了出来。

乌鸦一生都在做一件事：诅咒。它诅咒其他鸟的翅膀都变成黑色，同时希望自己的翅膀变成彩色。

它脱不下黑袍，除非雪，给予它们伪装。

可是它们的伪装太过短暂，因为它们无法平静，总想着去亮一亮它们的歌喉。

可是，夜路上的乌鸦，依然让我感动，我打它们身旁经过，掌心有月亮的影子，发梢有风的味道。

星星也铺满我的头顶，那是一整个童年的糖果，甜了我们的眼睛。

祖父是在一个夜里走的，走得很安详，祖母没有哭泣，安静地给祖父穿着上路的衣服，一边穿着一边不忘嘱托：夜路黑，你慢着点儿走啊。我在心里给她编织的台词是：走吧，亲爱！勇敢一些，去跟天上的群星相认。

陈丹青的导师木心阐述过令他心仪的一段夜路之旅：有人在夜里送他回家，前面的持火把，后面的吹笛。那是何等美妙的夜路。

什么是最浪漫的心，这应该算是吧！

人生总有几段美妙的夜路，你捉了几个萤虫，够了几克拉星星？

天使穿了我的衣裳

那个春天，她看到所有的枝头都开满了同样的花朵：微笑。

大院里的人们热情地和她打着招呼，问她有没有好听的故事，有没有好听的歌谣，她回报给人们灿烂的笑脸，忘却了自己瘸着的腿，感觉到自己快乐的心，仿佛要飞起来。

她感觉自己仿佛刚刚降临到这个世界，一切都那么新鲜。流动着的空气，慢慢飘散的白云，耀眼的阳光，和善的脸。

她知道，这一切，都是姐姐变戏法一样变出来的。一个阳光明媚的美丽世界。

她和姐姐是孪生姐妹，长得一模一样，唯一不同的地方就是她是个瘸子。她怨恨上帝的不公平，怨恨一切，碗、杯子、花盆，所有她能触到的东西都会是她的出气筒，她的世界越来越窄小，小得容不下任何一双关爱的眼神。

由于天生的残疾，走起路来不得不很夸张地一瘸一拐。如果这张脸不美也就罢了，上帝还偏偏让她生了如花的容颜。这两根丑陋的枝条怎么也无法配得上那朵娇艳的花朵，她总是这样评价她的双腿和她的脸，所以她很少走出屋子，更不敢来到大院。每天躲在家里，怕见人的孩子，惊恐地张望着外面的世界。

她给自己留了一扇窗子，可以看到外面的世界。看到健康的人，看到那些笔直的腿，看到那些漂亮的衣服，看到那些蹦蹦跳跳的快乐的身影，它们让她的悲伤更加浓烈，无法自拔。

生日的时候，仅仅比她大几分钟的姐姐送给她一件礼物：一个会跳舞的洋娃娃。她当时就把它扔到了一边，她歇斯底里：明知道我是个瘸子，还送给我这个能跳舞的东西，你是不是刺激我啊。眼泪在姐姐的眼里打圈，可姐姐却在不停地安慰她。她知道，姐姐很无辜。

她死活不肯去学校上学，父母只好节衣缩食，为她请了家教。学习的内容和学校里的课程同步。由于她的刻苦，学习成绩一直很好，每次和姐姐做相同的试卷，她都会比姐姐高出几分。每次考完，父母都会夸赞她一番，相反把姐姐训斥一顿，嫌姐姐在学校不用功，总是贪玩。这让她心里很平衡，下决心要好好学习，一定要用广博的知识来弥补自己身上的缺陷。

那个夏天，妈妈为她买了一件很漂亮的粉色套裙。她偷偷地穿上，感觉自己像一只翩翩欲飞的蝴蝶，只是不敢走动，怕她的丑陋显露无遗。她喜欢她的粉色套裙，爱极了那种灿烂的颜色，只是，她依旧悲伤，哀叹自己是断了翅膀的蝴蝶。

所以她还是不敢走出屋子，每天对着镜子，悲伤地望着镜子中那只一动不动的蝴蝶。她用冷漠把自己制作成了标本，一只凝固了的蝴蝶。

由于身子虚弱，每天中午都必须补上一觉。可是最近，她总觉得睡不踏实，总有一种是梦非梦，恍恍惚惚的感觉。

那天中午，她在恍恍惚惚中听到有人蹑手蹑脚地进来，蒙胧中看到姐姐，偷偷拿走了她的粉色套裙。她觉得好奇，想知道姐姐到底要做什么，便装着发出鼾声。

透过窗子，她看到了姐姐穿起她的粉色套裙来到了大院。她尽力压制着心中的妒火，想看看姐姐到底在做什么把戏。她看到姐姐热情地和每个人打着招呼，让她惊讶的是，姐姐竟然学着她一瘸一拐的样子走路，简直惟妙惟肖，让她感觉到那个人就是她自己。而她自己心里清清楚楚，纵是给她加了300吨油，也是没有勇气走到大院去的。

一连很多天，姐姐都会在中午趁她午睡的时候，来偷穿她的衣服。

有好几次，她想揭穿她，但最后都强忍下去了。人都是爱美的，姐姐也不例外，况且姐姐的舞跳得那么好，应该有件好衣服来配她的，只是她不理解的是，为什么姐姐不好好走路，偏偏要学她的样子一瘸一拐的呢？

每天中午，她都会透过窗子，看着姐姐一边帮奶奶们擦玻璃一边唱着动听的歌谣，一边帮婆婆们洗菜一边讲着她听来的笑话，逗得人们哈哈大笑。她不得不承认，姐姐才是真正的蝴蝶啊，姐姐让这个沉寂的大院春意盎然了起来。

这一切，她装作什么都不知道。

忽然有一天，姐姐对她说要带她到大院去走走。其实她的心一直是渴望出去的，像小鹿对于山林的渴望，像鸟对于蓝天的向往。整天闷在家里，空气仿佛都凝固了，让人透不过气来。她犹豫不决，姐姐却执拗得很，帮她穿上粉色的套裙，硬是架着她走出了房门。

那是个多好的春天啊！

她深深地呼吸着新鲜的空气，满眼都是绚烂的颜色。人们对她微笑，把好吃的、好玩的都争着抢着给她，她不明白为什么人们对她那么好，没有一点排斥和嘲弄，没有一点让人难堪的同情和怜悯，有的只是微笑，让人心旷神怡的微笑。

人们都说，有一个穿着粉色套裙、扎着两个小辫的活泼快乐的残疾小姑娘，给他们带来了很多欢乐，她是这里的天使。

尽管她走起路来一瘸一拐的，左右摇晃，姿态滑稽而夸张，但所有的人都认为那是天使的舞蹈。

后来她知道了，姐姐学她的样子，是为了让人们能够接受她，姐姐只想让她走出那个晦暗发霉的屋子。所有人都把姐姐当成了她。

后来她知道了，那件粉色套裙是父母给姐姐买的，准备让她穿着去省里参加舞蹈大赛。可是姐姐说，让妹妹穿吧，到时候管妹妹借就行了。

后来她还知道了，每一次她们同时做试卷的时候，姐姐总是故意做错几道题，总是让她的分数比姐姐高，姐姐说那样妹妹会高兴。

“人们只当那个天使是我，其实不是，天使只是穿了我的衣服。”她在日记里写到，“感谢上帝，赐给一个天使来做我的姐姐。”

一个人，无法安慰一棵草

一个人，无法去安慰一棵草。更确切地说，是没有资格去安慰一棵草。

那个人说，他看到了秋风中白了头的一棵草的忧伤，其实那不是草的忧伤，是他自己的忧伤。草白了头，依然在风中狂舞，有点儿像疯癫了的人。疯癫了就自由了，或许一个人，只有放弃了名利，才会卸掉枷锁，才会那么纵情欢舞吧。

一个人，无法安慰一棵草，相反，那棵草，却似乎在安慰那个悬崖边上的人。它在风中，用点头和摇头回答着那个人一个个古怪的问题。看样子，那是个失意的人，不是情场失意就是事业遭受挫败，满嘴酒气，摇摇晃晃，一副万念俱灰的模样。此刻，风的方向决定了他命运的走向，他把一棵草当成自己占卜的道具。

“我还有机会东山再起吗？我今天失去的财富和地位还会重新得到吗？”草点点头。

“我那为了事业而抛弃的爱情，还会回来吗？”草点点头。

他是幸运的，今天刮的都是顺风，所以草总是对着他点头微笑。

或许是草给了他鼓励吧，他终究没有跳下去，而是转过身，重新回到尘世。

人走了，风向变了。草对着那远去的人，不停地摇着头。

一个人，无法安慰一棵草。因为一棵草，不论嫩绿还是萎黄，都不会太过悲伤。它们顺着风，顺着阳光生长和枯萎，它们把自然的生生灭灭，当做一件水到渠成的事。人却不一样，人是懂得追名逐利的动物，因此也多了许许多多意想不到的烦恼。这一刻是欢娱的，没准下一刻就郁闷了。让人心情坏掉的原因很多——别人升官发财了，别人获了奖，别人无端端得了一个天大的便宜，别人拆迁给的补偿款多了，甚至，就连别的穷人领了那么点儿低保都让人眼红。我在社区帮忙的时候，为贫困居民办理低保业务。见到了很多让人唏嘘不已的穷人，但也见识了一些假冒的穷人。一个妇女来到社区，进来就哭哭啼啼地诉说着家里的种种不幸，希望能给她办低保。我们提出去她家里进行调查，她遮遮掩掩地阻挡着，却终究没能挡住我们看到她家100多平方米的房子，空调、太阳能一应俱全，车库里还停着一辆桑塔纳。这样的家庭还需要低保吗？她却说，这些都只是表面现象，她家真实的状况是负债累累。我们自然不会因为她这蹩脚的谎言而让她得逞，那本来就是给穷人的钱，富人却还厚着脸皮来分一杯羹。

这一切的始作俑者，都是一个"贪"字。人的私心太重，满脑子便只有了自己。

当灵魂被贪欲浸泡得太久，就会不由得为了利益而做出一些伤天害理的事情。

一个人，无法安慰一棵草，其实，一棵草，也无法安慰一个人。如果换作是我去和一棵草对话，我只想和它说：今生，你当草，我为人。来世，你为人，我当草。

草儿一会点头，一会摇头，不置可否。因为它不知道，做人到底有什么好。

我在秋天垂下眼帘

正午的秋，高烧不退。黄昏的秋，又像个兜售黄金的贩子，每个口袋里都装满金条，每个毛孔都塞满欲望。

夏天，是乞讨者的天堂。秋天，是饕餮者的乐园。

快乐很轻，风一吹就散了。如秋末的蒲公英，在漂泊里寻找自己的下一个屋檐。

秋天，一个个马蜂窝被淘气的孩子捅掉，一大群蜂子呼啸而来，如同一梭梭复仇的子弹；秋天，我听着马修·连恩的曲子，如同旷野中的一匹狼，喷发狂野的气息和意象；秋天，一把锄头，倚在墙角，慢慢就睡着了，梦着泥土的味道。这是一把锄头的悲哀；秋天，一把镰刀，挂在檐下，铁锈蔓延开来，麻醉着它的神经。这是一把镰刀的悲哀。

锄头想去亲近泥土，镰刀想去手刃杂草，那是它们各自的信念。谁忍心让锄头睡去，谁忍心让镰刀生锈，谁就不配在秋天活着。

秋天，为着没有收割回来的粮食，父亲和母亲又吵架了，无论和父亲吵了多少架，母亲都一如既往，固执地用那把叫“唠叨”的刻刀，去雕琢父亲，雕琢我们这帮儿女，雕琢她的日子。

日子里的鸡毛，岁月里的蒜皮，往往就是，那本叫幸福的书里的一个个句点。

秋天，两个脾气火爆的村妇嘴里喷着酒气，隔着栅栏在那里耍泼。

王老五的老婆喊：“你叫唤个球，鼻孔里插根大葱，装什么大象？”

史老二的婆娘吼：“就你能，手里拎俩死耗子，就冒充老猎户？”

秋天的山路上，常常出现这样的景象：富人们忙着锻炼，穷人们则忙着打柴，背着一捆一捆的柴火艰难行进。如果碰到农用车掉到坑里，你若有钱，拿出钱来雇几个人帮他推车，他会对你说感激的话，如果你自己动手帮着去推，他会请你去家里喝酒。

秋天，瓢虫密密麻麻地爬满墙壁，我们密密麻麻地爬满站台。在秋天的地铁里，我们就是爬行的瓢虫。地铁是个奇妙之处。嘈杂昏暗、狭小拥挤的空间，不得不亲密贴紧的无数陌生人，黑暗中映出人影的玻璃门窗，凄厉的呼啸风声，车厢像是一个盛满梦魇的巨大铁盒。

秋天，我对着落尽叶子的一根枝条上的一只乌鸦思索——

这沙哑的劝诫者，为何执着于要去做一个演说家呢？做一个不费口舌的思想者岂不更好。

深秋，总还有一些倔强的花，不顾将临的寒意，自顾自地开着，比如菊花，大瓣的，孤芳自赏，小瓣的，漫山抖擞，那是野菊花的地界，是被松了绑的小顽童。

秋天，我遇到你，又失去你。你说你是蛇，是蝉，只需一夜，便可蜕尽所有的伤心往事。

我却宁愿我们是一对相爱的松鼠，我已开始，着手准备过冬的食物了。如果你肯，和我回到我的洞穴，我愿意，把所有的坚果都给你吃，把松子儿一粒一粒喂进你嘴里。让我在冬天，可以抱着你，取暖。如果可以，我更愿意，在秋里重新诞生一次，而不是，去冬天里大睡一觉。

秋天，我感觉我的床变小了，放不下时光的枕头。秋天，我感觉我的床变大了，容得下一片海。

我在秋天垂下眼帘。秋，不用看，我闻得到那种衰败的气息，但那是所有的生命必经的路口。眼帘垂下，嘴角却上扬着，我认真地听了风声。我听见了音乐。真正的音乐，不是听得懂鸟声，而是听得懂风声。

秋天，云是唯一不会衰老的白。白发自不必提，白雪会融化，白纸会起皱，白面会馊掉，而白露，更是被誉为秋天的瞳仁。

赶紧抓一朵云塞进枕头里吧，趁着那窗口，还存留着最后一串青春的风铃。

我听见叶落归根的急迫。

秋，不必拘谨，爽快地落吧！

落

落下的，不仅仅是花瓣、叶子、烟灰、碎片、幕布、夕阳、流星……还有人，那背负着十字架的不堪重负的躯体和灵魂。

枝丫、悬崖、楼顶、天空，都是落的始发点，终点是大地。大地承受着来自于死亡的狠狠撞击，大地无法完成拯救，只能默默完成对一个生命的回收。

落是自然里的水到渠成，我却看到另一面。叶子太过贪婪，敛了太多的黄金，才摇摇欲坠，不得不和树枝诀别；花瓣太过多情，藏了太多的绯闻，才危如累卵，不得不向土地坦白。

清晰记得自己第一次抽烟时的情形，因为看到王志文在电视里吸烟的样子很帅，所以也学他的样子，高高挽起袖子，努力皱起抬头纹，狠命地吸烟。那是我弹落的，人生的第一朵灰。我希望是唯一的一朵。

有人说，樱花飘落的速度是秒速 5 厘米。这么急速地坠落，看似充满了喜悦，仿佛奔赴一个久违的约会。其实，没有几个人能懂得樱花的忧伤，樱树下，满地的落瓣随着风，挣扎，就像路灯下，因狂舞而精疲力竭的蛾子们一样。它们让我想起一幅关于美国“9·11”事件的照片，熊熊烈火中缓缓倒塌的大楼，火光中密集从高楼跳下的人，远远看，像急速坠落的樱花，像扑火的飞蛾，绚烂而又悲伤。

公园里，我看到落到地上的风筝。那是春天飞累了，春天也想要个双休日。它让我想到富士康的那些跳楼的员工。被誉为“血汗工厂”的富士康，员工们每天就像机器一样干活，任务要精确到秒，这样的劳动强度是否超出了职工的承受能力？会不会成为跳楼自杀的一个诱因？

近日看了一个令人啼笑皆非的新闻：一个偷情的人，在阳台上躲避情人丈夫的搜索，结果失足掉下，送了性命。

一直不忍提及，却无法遗忘的是陈宝莲的一跳和张国荣的一跃，在那些喜欢他们的人的心间荡起了多么大的一圈惋惜的涟漪啊。

一对恋人为了追求浪漫的结婚仪式，选择了空中跳伞。新郎新娘穿着结婚礼服，从机舱里跳下，为所谓的惊世骇俗的浪漫冒了一回天大的险。远远望去，他们像两朵开在空中的花，只是那花朵凋落得有些快，落到地面的时候，遭遇了车祸，双双殒命。

同样是坠落，一个从高楼坠落的人，在空中高喊着让人躲开，不想因自己的死而伤及了无辜。这样的坠落让人唏嘘不已——落，也要对得起灵魂！

母亲年轻时工作的厂子里，有一个很美丽的女人，大家都把她当成了“厂花”。红颜薄命，因为感情的原因，选择了跳楼自杀。母亲回来和我们说起，不免有些伤感，她用的不是“死”这个字眼，而是说她“落”了。当时我们不能体会这个字的含义，现在想想，这个字用得真是再恰当不过了。一朵花的死亡，不就是“落”吗？

做人为何如此沉重，是什么让他们的灵魂有如灌了铅一般急速坠落？金钱、欲望、虚荣……可以捆缚灵魂之翼的，绝不仅仅是这几条绳子。

樱花飘落的速度是那么快，如同记忆中的某些残渣一样。情海欲河中的男女，遗忘或者喜新厌旧的速度是不是也这样，让人猝不及防呢？

一片叶子的落，令我惊醒。我对自己说，要做一个轻盈的人。

当你在高处的时候，你的朋友知道你是谁，当你坠落的时候，你才知道你的朋友是谁。

韩松落说：轻盈的人前途无量。我倒是不奢望有多么绚烂的前程，我只知道，轻盈会让人飘升，不会坠落。

我还不想那么快，就落了。

爱之寻

母亲这一生，似乎已习惯了寻找。尤其是老了以后，记忆力衰退，忘记的东西越来越多，寻找的东西也就越来越多，钥匙、老花镜、顶针……随手放在哪里，回头就忘了，周而复始的寻找，成了母亲每天做不完的功课。

小时候，母亲总是做好饭后开始寻找，寻找我们回家吃饭，因为她的嗓门不够响亮，不像左邻张大妈声如洪钟响彻云霄，也不像右舍李阿姨京韵十足绕梁三日，在我印象里，母亲很少大声说过话，所以她不喊，只是去寻找。她大致可以知道我们玩耍的地方，所以，每次也都可以很顺利地找到我们。

可是也有例外，因为我顽劣，有时候故意和母亲“藏猫猫”，让她找不到我，她只好一声高过一声地唤我，直到我的耳膜受不了，才跑出来扑进她的怀里。她嗔怪我，照我的屁股打几下，却一点都不疼，反而有些痒。不过，我还是看到母亲额头的汗水，感受到了她的焦急，所以，从此也就不再故意藏起来了。

放学的时候，如果赶上下雨天，我总是不去躲避，故意让自己淋湿。快到家门口的时候，如果雨点小，我还会在雨里多待一会儿，只为了母亲带着雨伞跑出来寻我，回家后心疼地帮我换衣服，帮我擦头发，把我抱在怀里为我驱寒。然后顾不得自己浑身已湿透，又跑出去，并叮嘱我，“在家好好待着，我去寻你姐姐，她也没有带伞呢！”

找完姐姐，还有哥哥。母亲心心念念，一遍遍寻找，就因为我们是她的骨肉！

母亲事无巨细，为我们操碎了心。

有一次我要出一趟远差，母亲当成天大的事一般，不一会就惊呼一声“对了”，然后就小跑着去了附近的店铺，买了东西回来就往我的包里塞。不一会儿又跑出去了，直到把包塞得满满，可还是觉得缺少什么似的。车子马上要开了，她又惊呼了一声“对了”，我说：“妈，够了，啥都不缺了，包都要爆炸啦。”她还是小跑着去了，很快回来。她竟然为我买了一块带指南针的手表，她说我总是爱迷路，带着这块手表，总会有些用处的。

母亲算好的时间，我那边刚一下车，电话就打过来了。问我旅途是否顺利，问我是否迷路，问我指南针是否派上了用场……让我哭笑不得。

我知道，有母亲在，一颗心，就永远不会迷路。即便真的迷路了，天涯海角，母亲也会把我寻回来！

从小到大，一直都是母亲在寻我们，可是有一天，母亲忽然失踪了，换成了我们去寻找她。母亲患有间歇性的失忆症，某个时间段，就忽然什么都不记得了，这可急坏了我们，我们满大街去找也没找到，没办法，只好去派出所求助。到了派出所，正好看到母亲坐在椅子上，焦急地向外张望。原来是遇到好心人了，没办法问出来母亲的住址，只好送到了派出所。

我们不禁埋怨起母亲来，明知道自己有间歇性失忆症，还自己一个人走。恢复记忆的母亲像个犯了错的孩子，不停地搓着手，喃喃地说，“我只是想去买点儿荞麦，知道你们今天要回来，想给你们做荞麦蒸饺。”

我们一时无语，母亲无时无刻想的不是我们啊。

周末回到母亲身边，早上起床，我的袜子又习惯性地单飞了，我也习惯性地喊着：“妈，帮我把袜子拿来。”喊完之后我才猛然想起，母亲的眼睛已经看不见任何东西了。我赶紧从卧室跑出来，却看见母亲正跪在客厅的地板上，双手一点点向床下探着，满地摸索着我那只淘气的袜子。

每次别离，母亲都会在门前送我，一直送到我拐了弯儿看不见为止，每一次，我都不回头，也不和她招手，我知道，那样妈妈的心会更难过，每一次别离都让母亲的心闪了一下。母亲不是闪电，闪电不会弯不会旧，不会枯萎不会生锈，可是母亲，闪一下就衰老一截。

现在，母亲的眼睛什么都看不见了，可是每次离开，母亲还是坚持在门口看着我走。她就那么扶着门框，寻着我远去的方向，好像能看见我一样。其实，她寻到的只是一个越来越小的影子。

这一次，我却不停地回头。我和她招手，惊讶地发现，母亲竟然也在同时向我挥着手，好像和她的儿子感应到了一样！

有爱，天涯不远，有爱，寒冬尚暖。寻找，只是母爱的一个小小注解，是母亲浩如烟海的爱里的一朵浪花，是母亲盘根错节的爱里的一绺根须。但就是这一个小小注解，解开了爱的千古之谜；就是这一朵浪花，泄露了大海的古道热肠；就是这一绺根须，缠绕着我们一生，让我们的心，一寸一寸，生出古朴的根。

第四辑

别让时光把你倒着拎起来

永远不要和时光背道而驰。你要紧紧贴着时光的后背，跟着它向前走，不要让它把你倒着拎起来。因为回忆是徒劳的，只会让你的心灵长满野草，并且永远没有收割完的一天。

我的灵魂里住着风

每个夜晚都被我分割成了好几块，8 点到 12 点，是睡眠的时间，把心交给梦；12 点到 4 点，是写作的时间，把心交给键盘；4 点到 6 点，重新回到梦里，把心交给身边的爱人。

闹铃刺耳的尖叫，把所有的美梦毫不留情地击破，新的一天又开始了。

十年如一日，我一直坚守着我的习惯。

每一个早晨，我都把自己平静地铺成一张白纸，等着阳光到我的灵魂里泼墨挥毫，每一个夜晚，我都把自己倒得空空，然后往灵魂里添加风、星星、萤火虫……总之，尽量添加一切诗意的东西。我只想提醒自己，别让灵魂忘记了飞翔。

朋友在繁华的大都市给我找了份工作，不知比我现在的工作要好上多少倍。我踌躇满志欣然前往，可是到了那里之后，却忽然有了一种悲凉的感觉，令我全身发冷。我在一个人灵魂的湖面映照出了自己，我看到了我的苍白。我有着长势良好的身体，可是内心却荒芜着，寸草不生。

我转过身，逃离了那一切。

那里的高楼大厦不属于我，那里的灯红酒绿不属于我，那里的尔虞我诈不属于我，那里的人情冷暖不属于我。在高贵的上流社会面前，我做了一次逃兵。

爱人却留在了那里，接受世态炎凉的煅冶。

我知道自己到底在寻找什么，什么样的生活才是我自己的。有人说，眺望摩天大楼的人，其实都是在眺望自己的幸福。我不是，我的幸福没有那么高。

我的幸福低到尘埃。

屋檐上鸽子成群，院子里花团锦簇，你喜欢的小狗，即使你在它吠叫的时候打它的小脸，它一样喜欢趴在你身边轻轻入睡，还有不被打扰的月亮，可以喝的露水……这些都是我急着要向你表达的，我安安静静的幸福。

我总是设法让自己慢下来，我不想奔跑。那么快速旋转的时光里，我们丢失了什么，拣起了什么？有时候，你的手，抓住琴却抓不住音乐；你的耳朵，储满了涛声却丧失了河流。

有些人的幸福像瀑布和山洪，有些人的幸福像涓涓小溪，瀑布和山洪貌似巨大，但来去匆匆，小溪用最低的嗓音歌唱，却可以生生不息地流淌。

我愿守着自己小小的幸福，在尘世缓慢地移动脚步。我只想像个小孩子一样，在你面前兴高采烈地阐述简单的思想。尽管我也有自己的痛苦，物质上的清贫，是我对家人永远的愧疚。

但我终究不忍将自己物质化，就像鹿身上的梅花，它是艺术，你不能将它明码标价，进行抛售。

瑞典作家梅特林克有过一段精彩的话，他说，在星期日不去酒店喝个醉，却安静地待在他的苹果树下读书的农民；厌弃跑马场的纷扰喧嚣却去看一场高雅的戏或者独享一个宁静的午后的小市民；不去街上唱粗俗的歌或哼些无聊的曲子，却走向田间或者到城墙上看日落的工人。他们都把一根无名的、无意识的，可绝不是不重要的木柴投进了人类的大火之中。

我的生命中，唯独不缺少那样的木柴。

我的身体很臃肿，但灵魂很轻，我的灵魂里住着风。

爱人回来了，从那个灯红酒绿的城市。她说她再不会走掉，她怀念家里的炊烟，怀念家里的鸽子和小狗，常常在夜里想得发疯。我知道这样的结果，因为我知道，爱人的灵魂里，也住着风。

我们是一对清贫的快乐的人，我们的灵魂里住着风，就像那水边的蜻蜓，守着命里注定的贫穷，临风吟唱、翩翩起舞。

贫穷，但听着风声总是好的！

我身上的三片叶子

我握住时间的白色根须。我以为我可以让时间停留片刻，可是岁月依然疯长。到了收割的时节，突然发现，我的身上，除了三片叶子，再无其他可以收割的东西。

三片叶子，依然倔强地停靠在我这根经风历雨的枝条上，不容许我对生有丝毫的怠慢。那叶子依然是绿色的，还不肯就此萎谢。

我是多么强烈地爱着绿色。就像我自己，不肯枯黄，用尽全力拽住青春的尾巴，不让青春将我甩掉。

但多么新鲜的绿，也始终挣脱不了既定的结局。世界上有很多种颜色，所有的颜色都有一个相同的命运，变成灰色。就像再有激情的人，也有穿着睡衣，等待睡去的那一刻。

灰色是所有人的睡眠。

尽管这灰色迟早要来，如同两鬓间隐隐的秋霜，我还是尽可能地向后拖延我的青春，就像下午的阳光，把我的影子拖得很长很长，那影子里，还有着上午的芬芳。

有时候被阳光烫伤了，皮肤针扎似的疼，可是依然不舍得关上窗子。生活中是不是也经常有这样过分的热情？

夜晚的大街上，年轻人喝完酒在路灯下大声地向不同的女孩儿喊着：我爱你！他们的爱情，轻得像草叶上的露珠儿，危险地晃荡，用一点点谎言支撑着，真相的太阳一出来就蒸发掉了。

还有一个年轻人，抱着一棵树痛哭，为了刚刚与她分手的恋人。可是离开这棵树，走到另一棵树的时候，笑容就重新回到他的脸上了。

看啊，他们怀着怎样明目张胆的悲伤，又是多么快地抖落了那些悲伤。

年轻本身就有着极快的自愈能力。

张扬的青春，张扬的爱，年轻多好，可以尽情挥霍。在那样的青春里，没有人会慌了神色，就算受了委屈，也不会难过多久，他们永远有未来可以依傍，他们坚信未来可以还他们清白，坚信未来可以硕果满满。未来就像他们心底的一座彩虹，美丽的桥，连着他们的今天和明天，固执地相信着，一切都会水到渠成。

人们，为太阳唱着上升的赞歌，为月亮合起祈愿的双手。我喜欢躺在夜晚的草垛上看星星，但我自己却不愿意做星星。

佛说，人只有常常往下看看，才能看到更通透的自己。我看着我自己，似乎可以称得上是通体透明的人了。曾经，我枝繁叶茂，如今，只剩下空荡荡的三片叶子。也算美好。一片用来遮羞，一片用来纳凉，一片用来做梦的温床。

三片叶子，依然可以让露珠过夜的吧，依然可以引来几声鸟鸣的吧。

或许已到了去看夕阳的年龄了，可是依然喜欢停留在青春的阴影里。夕阳是被人们无数次擎过的酒碗，醉过从青春里走来的一茬又一茬的人。

有人说，少年是童话，青年是诗歌，中年是小说，老年是散文。而我已过不惑，仍不肯去讲故事，叙述很累，所以更多的时候，我选择抒情。老去的那一天，我甚至会想，有没有一天，我可以返老还童呢？

就像春天再来的时候，我还会发出新芽吗?

犹太诗人保罗·策兰说，春天来了，树木飞向它们的鸟。

我也要飞向我的美好。我不再怕老，因为老了，就可以变回孩子。变回了孩子，就会从时光的百宝箱里翻出无数美好的曾经，像小时候摆积木一样，为自己堆积幸福的城堡。

旧日时光，从眼前唰唰地飞奔而去，别指望去追上它，那里有我们永远到达不了的远方。

骑着巫婆的扫帚也好，骑着法师的魔毯也罢，你追不上逝去的时光。

忏悔你追不上，怨怼你追不上，曾经的誓言和祝福也追不上。

我身上的三片叶子，大小不一，形状各异，都闪着亮晶晶的光。

我身上的三片叶子，我叫它们：回忆。回忆。回忆。

不想汹涌澎湃，只愿静静流淌

生命本该是静静流淌的。如果你想比风跑得更快，你会丢掉草帽；如果你想追赶上神，你会迷失心灵。散步的好处正在于：可以让我们认真地接近每一片叶子，发现叶子快乐的战栗；认真地接近每一朵花，洞悉花朵羞涩的秘密。认真倾听时间“滴滴嗒嗒”，仿佛下着沥沥的雨，仿佛在做一首无韵脚的长诗。

静静流淌的生命是很诗意的一种翻阅。所有的日子合起来是一本书。我认认真真去读，恭恭敬敬去写。有些日子会成为精彩华丽的篇章，有些日子会成为一笔带过的风景；有些日子是花开时的烂漫，有些日子是叶落后的静默；有些日子闪着光，有些日子沁着凉；有些日子是一句警世的话，一个标准的字，有些日子是一个简单的标点，一种依附的符号。不管这本书深奥还是浅显，我都会虔诚地翻过，犹如翻过《圣经》的每一页。

当我仍然可以憧憬，也可以回忆的时候，我的生命之水正在流淌。捧着普鲁斯特的《追忆似水年华》，从上午，渡着船驶进午夜。其间没有喧嚣，没有干扰。当那些逝去的尘埃从身上，灵魂里一点点地剥落的时候，能有几个人认为那些尘埃正在身后堆砌一座坟墓！只有流水能将它毫无痕迹地从尘世擦去。像在作业本上擦去我们曾经犯下的错误。

如果炽热而明亮的灯泡会让夜燃烧得更快，那么我宁愿点上蜡烛，让这黑暗中的植物流着泪诉说成长的疼痛。蜡烛的成长就是不断不断地消逝，到最后凝成一摊泪，像是遗憾、像是忏悔。俄国的列夫·舍斯托夫在他的《无根据颂》中提到，哲学家们颂扬心灵的宁静，把它当做我们生存最高尚和最有价值的目标，可这样一来，动物理应成为我们的理想，因为在平静无波这方面，没有什么能比它们更好。我们不妨去看看正在吃草的绵羊或奶牛，它们既不回忆过去，也不憧憬未来，完完全全活在现在，只要有一块好牧场，就能使它们完全满意了。人终究是人，人内心永远无法达到植物般的宁静。人有争吵，人有数之不尽的烦恼，人要四处求职，养家糊口，人要千方百计地赚钱，人要体面地活着，人死后要留个好名声……锅碗瓢盆，上岗下岗，风花雪月，上床下床。人在这世上走一回总要留下一个背影，或伟岸或卑微，或生动或僵硬，或凝满智慧或透着愚昧，或盈着暗香或罩着沧桑……人的欲望和虚荣导致了一个个忏悔的黑洞。人的一生，有多少欲望和虚荣大概就要负下多少心债，现代人的心路历程恐怕是一段最为艰难的历程，从一颗心到另一颗心，大概只有“在清水里洗三次，在碱水里煮三次，在盐水里腌三次”（阿·托尔斯泰语）这段路才能由喧嚣走向宁静，由浑浊走向澄明，由繁复走向简单。

“……我不想汹涌澎湃，我只想静静地流淌。”作家二月河在成名之后由于记者的频繁打扰无法安心写作，不得不发出这样的感慨。二月河的感慨不知能让多少追名逐利的人汗颜？钱钟书先生的一生也是为媒体记者设置了重重栅栏。他只是不想让自己脱离普通人的生活，平平静静做事，安安心心做人。

像水一样流淌的，是普通人的生命。每天重复着几乎同样的事——吃饭、睡觉、上班下班，这静静流淌的生命中也会有一丝丝快乐的涟漪，比如单位发奖金了，今天的天气不错，院子里的花开了，一只小鸽子破壳而出了等等。像水一样流淌的，是充满爱心的生命，它与每一片叶子，每一朵花都有着撕扯不断的情感。比如父亲的口袋里为儿女揣回来的几粒糖果，比如母亲被针扎破的手指，比如废墟上的琴声和穷人的歌唱。

我希望黎明的火车能慢下来，尽管终点是宝座，是权杖，是华丽地毯铺就的宫殿，是天堂。我仍然希望火车能慢下来。让我仔细读一读那些亲切的背影，抚摸一些让人感动的鱼，让它们湿润现代人揣在口袋里的情感。

脱下灵魂的外衣，我要像水一样，静静地流淌。

以疼止痛

朋友失恋，醉了酒，和我诉苦，问我如何消除心中的痛。我告诉他，痛是你心中的一棵草，你迁就它，纵容它，只会让它更加肆意地生长。唯一解决的办法就是连根拔起，那样或许会牵连出你的血肉，令你肝肠寸断，却会换来一个健康、晴朗的明天。这样总好过你浑浑噩噩地度过暗无天日的每一天。就像病入膏肓的人，若来一剂以毒攻毒的猛药，反而会有回春的奇迹。

一番话令他醍醐灌顶，第二天见到的他，果然是脱胎换骨面貌一新，犹如从即将干涸的泥沼中打捞出的一条鱼，重新被放入生活的大海中。

人生，有时候，是需要一点决绝的。

决绝地，手起刀落，与纠缠不清的令你痛苦的往事诀别。

决绝地，切断后路，让命运完成逆袭，置之死地而后生。

人生在世，哪一个没有经历过痛的洗礼，哪一个没有被痛如影随形般追撵过。若想甩脱它，唯有割断自己的尾巴。尾巴太长，左右摇摆着曾经灿烂的时光，回忆习惯闪着银光，鳞片一般镶满你的脊背。

暗夜里的孤寂，也曾如八爪鱼般，张着贪婪的触手，紧紧拥我。挣扎如此无力，捣碎所有的好时光，去敷那痛的地方，依然无济于事。

来一杯酒吧，烈性的，60度的二锅头，看能否抵御得了如同大兵压境痛的乌云。

一杯烈酒，足以杀出一条血路来。片刻的安宁，可以让我养精蓄锐，迎接下一轮痛的袭击。

我怀着怎样的执着，才能为自己拼凑完整一双翅膀，送灵魂高飞。一针一线，丝丝入扣，如此细致入理的缝补，却始终无法令我自己完整。总有痛来袭扰，那一张憧憬明天的脸。

痛像漫山遍野的野草，铺满我的每一个角落。没有更有效的除草剂了，唯有拿起镰刀，去收割它们。痛，有时候也会成为我们生命中的粮食。

对于那些让你痛的经历，你要敢于挥刀斩断，以疼止痛。生病的人生就像是做一次阑尾手术，让你痛的阑尾，割掉它就好了。

痛是绵延不绝的省略号，疼是当机立断的句号。痛是钝刀，疼是利刃。

痛是一个脓包，要敢于挑破它，以一次凛然决绝的疼，结束那漫无边际的痛。一次彻底的疼，总好过无休无止的痛的纠缠。

世界以痛吻我，我要回报以歌，回报以酒，回报以更为灿烂的一张笑脸！

一只讨饭的碗

我给母亲换个新碗，母亲不干。

“碗虽然有点破旧，但还能用。”

“可是总不能一辈子捧着这个要饭的碗吧？”

我和母亲争执了起来。固执的母亲捧着她的碗不肯撒手。我急了，一把抢过来，扔将出去。母亲愣了一下，旋即跑过去捧着被摔成两半的罹难的碗，扯开嗓子干号起来。我知道，对于一个已经破损得不成样子的碗，断然用不着如此夸张，我在母亲的干号里，听到了悲伤，也似乎听到了一丝快乐。她在哀悼这只陪了她大半生的碗，那哭声里塞满了对这只碗的感激。

“扔了也好。”母亲渐渐平静下来，自言自语地说，“扔了就可以不再去想那件丢人的事儿啦。”

母亲所说的“丢人”的事儿，是指她迫不得已的讨饭经历。同学们不知道从哪里听说的，经常拿这件事情攻击我，这是我最致命的软肋。这“丢人”的事儿，让我一直抬不起头来。

“到底为什么啊？那时候我爸干什么去了？非得去要饭吗？”又一

次被同学戳了脊梁骨后，我向母亲埋怨道。

“是啊，除了要饭，妈想不出别的办法来。不然你们几个都得饿死。”母亲叹了一口气，“妈知道这是不光彩的，让你在同学面前受了委屈。可是，当时真是没有别的办法啊。”

“那时，你的哥哥 8 岁，你的姐姐 5 岁，而你还没有出生。”在我的一再逼问下，母亲道出了那一段一生都不愿提及的往事。

那个冬天格外的冷。早晨，一间低矮的茅草房子，房顶被厚厚的积雪沉压着，房脊上的烟囱口看不到炊烟飘出。屋子里，只有炕头上有一点热乎气儿，一个女人盘坐在炕上，搂着身边两个瘦弱的孩子默默发呆。饥饿的肠腹使得他们无力借助活动身体来取暖，只有相互依偎着来减少寒气的侵入。男人外出打工，一年没有音信。家里就靠女人一个人撑着，现在，她实在有些撑不下去了。

时间已到了腊月，各家都开始操办过年的事，家家屋里弥散着蒸馒头、熬猪油的香味。可是这家的锅里就连做下一顿饭的米都没有着落。

“妈妈，我饿。”两个孩子一起抹着眼泪。其中大一点的男孩儿说，“妈妈，让我去要饭给你和妹妹吃吧。”女人生气地看着他，“就算饿死，也不准你们去要饭。”

不过这却提醒了女人。“不能眼看着全家人饿死、冻死”，女人这样想着，决定偷偷地去乞讨。

不让孩子去，女人却弯着腰，拿着一只很大的碗，挨家挨户地去乞讨了。这些，孩子们一无所知。他们还纳闷，母亲是用了什么魔法，一下子变出了那么多的粮食呢。

直到有一天，他们看见母亲衣衫褴褛地跑回来，惊魂未定地拍着胸口，大口大口地喘着粗气。他们才知道，母亲去要饭，被人家放狗给咬了。

有一次，女人远远地看到一家富人端着一碗饭喂门前的看门狗。等那人转身进屋之后，女人偷偷溜到那狗旁边，扔出去才讨来的半个红薯，被那狗一口咬了起来。母亲顺势将狗侧边的那碗饭端起来，以迅雷不及掩耳之势把饭倒进她的大碗里，然后像飞贼一般跑走，身后留下长长的狗吠声……那一次，一家人吃得很开心。

“不让我们去，为什么你要去呢？”两个孩子“埋怨”女人。女人说，“我的生命注定这样了，灰突突的，也不指望有什么光彩。你们不一样，你们还有美好的未来，你们不能低下头活着，得挺直了腰杆。”

乞讨了一个冬天，女人把讨来的干馍掰开，摊到阳光下晾晒。做饭的时候，拿出一块儿，到锅里熬成糊糊。靠这些，他们度过了那些最为艰难的日子。

后来，男人回来了，带回了很多打工挣的钱。他们的日子才慢慢走上了正轨。

“我本不想让你知道这一切，我也叮嘱过你的哥哥姐姐，不让他们和你提起这件事。这是妈妈生命中的污点啊！”

母亲说这些的时候，头一直低着，眼睛一直不肯看我，仿佛一个做了错事的孩子一样。

我的心一下子疼得碎了，听得见掉渣的声响。我为自己的无知感到无比难过。

这怎么能是你的错呢，伟大的母亲，当你蹒跚着向一户户人家迈进，当你颤巍巍地举起你的碗，当你被狗咬得惊慌失措、四处逃窜……你的心该是多么疼啊！在那个寒冷的冬天，你放下一个女人的尊严，给我们讨来了春天。

母亲，这怎么会是污点呢？这是你最闪光的母爱！

我猛地扑到母亲的怀里，任凭泪水肆虐，不停地重复着一句：“我错了，我错了……”

我把那只碎成两半的碗用胶粘好，并收藏了起来，一直留存到今天。我知道，它对于我，有着很特殊的感情。

我和我的孩子不止一次地说起这只碗，在孩子的心里，她奶奶的乞讨已然变成了一个壮举、一个传奇，一件值得她去炫耀的事情。母亲也不再避讳，遮遮掩掩，像说一件别人的故事一样，绘声绘色，不厌其烦地将她的“污点”发扬光大。

我经常把这只碗拿出来，像鉴赏文物一样仔细端详，粗糙的纹路，残损的边沿，像极了母亲的脸。

这只残破的碗，讨来了足够我们享用一生的粮食！

不肯回家的苹果

老人是中途上的车，所以车厢里已经没有空座了，本来我是想给老人让个座的，但考虑到自己是长途，就打消了这个念头。如今想起来，我仍然为自己麻木的心感到羞愧。

看样子他是从农村来的，他要去做什么，我无从知晓。他手里提着一只篮子，里面躺着为数不多的几个苹果。那几个苹果大小不一，大多数都是皱巴巴的，像他风烛残年的脸。

在一次刹车的时候，老人没有站稳脚跟，把篮子掉到了地上，苹果们撒着欢地洒落一地，像淘气的孩子争先恐后地和老人玩起捉迷藏的游戏。老人弯腰费力地将它们一个个拾捡起来，每拣起一个，都会轻轻地用袖口拭去上面的尘灰，像在摩挲自己孩子的头。

老人像找宝一样搜寻着整个车厢，满车厢的人们热心地为老人指点苹果的一个个藏身之所，却没有一个人帮他拣起一个。他不停地数着自己篮子里的苹果，感觉少了一个。他就在每个人的座位底下不厌其烦地一遍遍搜寻着，那个不肯回家的苹果，像那个最淘气的孩子，似乎在使尽办法不让老人找到它。

这时，坐在后排的一个穿着高跟鞋的女人感觉到自己的脚碰到了什么圆滚滚的东西，她低头一看，正是老人掉落的苹果。她用她的高跟鞋够到那个苹果，然后用脚尖用力一踢，整套动作像球星摆弄足球一样熟练。果然，那个苹果不偏不倚正好停在老人的脚边，与此同时，女人旁边的一个男人已经开始为她精准的脚法叫好了。

老人望着脚下的苹果，脸上泛起一丝潮红。但最后还是把它握到了手里，但是奇怪的是，他没有用他的袖口擦拭它，也没有将它放到篮子里。只是听他不停地念叨着，说可惜了这个苹果。

老人到站了，透过车窗，我看到他走到一个垃圾箱的旁边，把手里握着的那个苹果毫不犹豫地扔了进去，嘴里仍旧在不停地嘟囔着什么，有微微的风把他的话时断时续地吹到我的耳边：

“唉，这个苹果被糟蹋了，多可惜啊……”

老人不肯带那个被伤了尊严的苹果回家。

我的脸立时红了起来。我不知道别人是否看到了这一幕，他们是否也会脸红？我为自己的这一趟旅行感到难过，为自己是这个车厢里的一分子感到羞愧。那个穿着高跟鞋的脚法精妙的女人如果看到这一幕，会把脸藏到哪里去呢？

老人扔掉的是一个被蹂躏的苹果。但他拾拣回来的，是穷人的一颗充满尊严的心。老人失落的，仅仅是一个苹果，而我们失落的，却是心中的一棵树。

心有牵挂，爱才会扎根

小时候，喜欢玩捉迷藏的游戏，藏到一个很隐蔽的地方，自以为得意。小伙伴们找不到我，就放弃了，结束了游戏，而我浑然不知。天黑了，我怕了，找不到回家的路了。

正害怕着，远远就听见母亲在大声唤着我的小名儿，我大声地应着。如同鸟儿归巢般向母亲的方向飞奔而去。

被母亲牵挂着，我不担心自己会走丢。

母亲一辈子朴实，没做过什么出彩的事儿。她太过宠溺我们，所以对我们的学习也抓得不紧，始终是一副听之任之的态度，使我们这几个儿女长大了也都没有做出一点出彩的事情来。要说母亲最值得我们称道的一件事，就是一天三顿饭很是应时，从不糊弄。为我们的健康构筑了一道屏障。

母亲总是天还没亮就起床为我们做饭，这习惯坚持了一辈子。记忆里只有一次例外，是因为母亲生病发了烧，父亲没让母亲起来做早餐，让她好好休息，结果我没吃饭就去上学了。刚上课没多久我的肚子就咕咕叫了，没办法，也只好忍着。让我没想到的是，第一节课刚下课，我就看见脸色惨白的母亲给我送来了饭盒，母亲还病着，虚弱得很。母亲说她和父亲磨叨了一早晨，惦记我没吃早饭，这一上午得多难受啊。让父亲给我送饭，父亲不来，说一顿不吃饿不死人的。可是母亲的心一秒都不安生，趁父亲不注意，就偷偷溜出来给我送饭。

有母亲的牵挂在，即便饿着，心亦充盈。

成家之后，住进了城里。母亲在乡下，几乎每天都要打电话来，问一些琐事，牵挂的心就像不灭的灯笼，始终亮着。

母亲说，城里人吃的肉都是打了激素的，城里人吃的菜都不是绿色的。这样下去，迟早会吃坏了身子。母亲不放心，就会时不时地给我们送来一些自己种的菜来。

那些都是没上过化肥的小园菜，母亲让我们放心吃。

我说大老远的你拿那些东西干吗，不嫌累啊。母亲笑着说，不一样的。

能有什么不一样呢？这么多的城里人，天天吃着城里的菜，不也都活得好好的吗？

母亲只是笑，不和我争辩。我把头天买的个头硕大、光鲜可人的蔬菜和母亲拿的菜放到了一起，城里的菜是趾高气扬的，而母亲拿的菜就像乡下来的孩子，低头缩脑，大气不敢出的样子。可是第二天早上就完全变了一番境遇。城里的菜一个个地开始萎靡不振，昨天还粗壮无比的豆芽，变得如同牛毛一样细，就像被打回了原形的小妖。原来那点儿肌肉都是用气儿充起来的。而乡下的菜却和昨天一样精神抖擞。

还真是不一样啊！

母亲说，人和这菜有时候也是一个理儿。有些人的精气神儿是装出来的，有些人的精气神儿是骨子里的。还是多吃点儿乡下的蔬菜好。

母亲的牵挂，就是我生命里的钙和盐、维他命，让我时刻充满了精气神儿。

母亲到了晚年，我们的角色一下子来了个互换，常常走丢的变成了母亲，而寻找的变成了我们这些儿女。

有一次，去公园散步的母亲迟迟没有回家，天已经黑了还是不见踪影。母亲有些老年痴呆的症状，偶尔就会犯病，大脑瞬间短路，什么都记不起来了。大家都很着急，分头去找。可是找了很久都没找到。临近半夜的时候，派出所打来电话，让我们去接母亲。

犯了老年痴呆症的母亲却记住了我的电话号码，让我很是惊讶。

母亲过后说，犯病的时候什么都忘了，可是不知道为什么，当民警问她我的电话号码时，竟然一下子就说出来了。我知道，那是因为母亲给我打的电话次数实在是太多了，那几个数字已经牢牢地印在她的脑海里，即便是痴呆，也无法把它们磨掉。那一串简单的数字，却是母亲深深的牵挂。

小时候，母亲常常对我说，一个人，有了牵挂，就有了根，就不会走丢了。当时有些不大明白，现在终于体会到了。牵挂是母亲心里最亮的一盏灯笼。心有牵挂，就永远不会走丢。

心有牵挂，爱才会扎根。

借一段苦难渡自己

生活就像一条河的两岸，你在此岸，若想看到对岸的风景，必须渡过去。而苦难是两岸之间唯一的竹筏。

若你在荣华富贵里安享一生，那只能算是半个人生。

我有一个“富二代”朋友，不用工作，每天变着法地玩乐，因为老爸是个大老板，丰厚的家业几辈子都花不完，他根本不知道苦是什么滋味。

最近他开始无聊起来，说是没有什么好玩儿的，生活像一团死水，除了钱，再无其他。甚至，他还有了轻生的念头。

这不纯粹是吃饱了撑的吗！他这饱汉子不知饿汉子饥的心态令我们愤愤然。我们可没时间陪他玩儿，我们要工作，要养家糊口。他哀求我们，要给我们开数倍的工资，只要我们陪陪他。

面对这“病入膏肓”的人，我们决定给他下一剂“猛药”。我们陪他玩一个游戏，让他变换一下自己的身份，体会一下做穷人的滋味。他有些好奇，觉得这是个不错的玩法，欣然应允。

他骗父母说自己要出去旅游，而我们则把他身上所有的钱都拿走，并监督他，不许他向家里要一毛钱或者打电话求助。如果他违反了规定，就自动成为游戏的失败者。如果他能坚持一个月，那么他就赢了，我们也会愿赌服输，任凭他发落。

他毕竟是富人家长大的，娇生惯养，从没干过活，可是游戏逼迫他必须找到一份零工，以保证自己有钱吃饭。他没有工作的经验，找了许多活，都做不来，最后，跑去一个小餐馆给人家刷起了盘子。餐馆的人万万没有想到，这是个家资过亿的人家的孩子，还以为只是个勤工俭学的大学生呢，处处都挺照顾他的，还特意腾了一小块地方，为他安了一个折叠床，晚上让他在这里休息。

总算熬过了最开始的两天，可是第三天，他就彻底熬不住了，他觉得太苦了，这简直就像是地狱的生活。白皙滑嫩的手变得粗糙了，一丝不苟的头发也凌乱不堪，他从没想过，人间还有这么苦的境地。可是，就是这如同地狱一般的世界里，竟然顽强乐观地生活着那么多人，他们每个人看上去都那么快乐，像一株株顽强的在困境里茁壮成长的植物，而他，一个家资过亿的富家公子，却一直萎靡得如一张没有中奖的彩票，被生活揉成一团，扔掉。

只坚持了三天，他便服输了。他说不会再缠着我们陪他玩儿了，因为他知道，从此以后，他也有自己要做的事情了。

他说他要去做自己的事业，他不想再去做一个无所事事的寄生虫。他说，富二代本来是个中性词，现在却普遍的被当成是贬义词了。就是因为每一个富二代，或多或少都有些“残疾”，他们缺钙缺得太严重。

而吃苦是补钙的最好方法。

对于他的转变，我们自然感到欣慰，他虽然输了游戏，人却一下子有了精神头儿，像久旱的花，突然等到了一场雨，全身每个毛孔，都在努力张开，接受生活的淋浴。

经历了这一切，他才知道，生活还有一个彼岸，如果没有那三天的苦，他永远过不来这边。现在的他，才是完整的。

马克·吐温写过一本书，叫《王子与贫儿》，由于偶然的巧合，面貌酷似的王子和乞丐因互换衣服，从而导致了命运的颠倒，上演了一幕幕悲喜剧。生活在对方立场上的两个少年，在此期间懂得了很多东西。王子深深了解了民间疾苦，乞丐也体会到了统治一个国家的艰辛。我想王子应该会感谢上天的这一次安排，因为借了一段苦难，让自己的心灵，渡到了另一个彼岸。

有一些苦，是应该尝尝的。

就像有些人内心的苍白，需要靠苦难来医治。

冬天，有一盏叫年的灯笼

进了腊月，就闻到年的味道了。朋友在来信中说：“这平淡中凸起的年，不知不觉地唤回了我们丢失了360天的心……”

这平淡中凸起的年，是让人归心似箭的五天。因为这五天，时光有了一个方向，它让日子里的水滴不停地流向一个叫年的湖泊，那里阳光普照，那里鸟语喧哗；因为这五天，岁月有了一个心脏，它让平淡中的脚步不停地走向一个叫除夕的家园，那里空气清新，那里人声鼎沸。

关于年的最快乐的印象始终在童年。那时，一个罐头瓶子里点上半截蜡烛就是灯笼，就能点燃孩子心上的火苗。我们拎着灯笼满街疯跑，像一群小小的天使，在夜里播撒着平安的消息，又像一只只萤火虫，积攒着一个个梦想，给苦涩的童年带来一点点安慰。那一盏盏幽暗的，不息的跳动着的火苗，照亮了一个个成长的出口，照亮了多年以后一个个爱的秘密。

那时，鞭炮是舍不得成联放的，要一个个地拆下来，一个个地放，在沉闷了许久的冬日，那时断时续迸出的响声像赖在炕上的懒汉的一个个响屁。可是在孩子们看来，那声响就美得如同诗人耳边的鸟鸣，钢琴家指尖上的涛声。等到把那一联鞭炮稀罕巴叉地放完之后，孩子们还有余兴节目。他们会在大街小巷搜寻那些“哑炮”，然后一一拾捡回来，把里面的炮药挤出来，再用纸一层一层地包好，按上一个捻儿，就成了最普通的“礼花”，在黑漆漆的夜里，找一群伙伴来，围成一圈，看这热热闹闹的焰火表演。

进了腊月，母亲便开始做粘豆包，蒸馒头，冻豆腐，忙得不可开交。母亲会把父亲提前买回来的糖果用一只篮子高高地挂在房梁上，免得我们这些“小馋猫”偷吃，可是不管母亲将它们挂得多高，藏得多隐秘，我们总有办法弄到手，往往是年还没到，年货先少了一大半，就连冻得比铁疙瘩还硬的粘豆包，也被我们硬生生地啃得只剩下个筐底。

父亲是从来不买对联的，只买红纸和墨汁。他总是兴高采烈地说：“家里这么多大文豪，还写不出一幅对子来？”我们就编词的编词，写字的写字，各司其职，不亦乐乎。对仗不工整，歪歪扭扭的对联常常惹来邻居的哄笑，可父亲一直让我们坚持这个习惯，这大概也是日后我喜欢上文学的原因吧。

过年的时候，我们要把一个大大的福字倒着贴在门上，内心的梦想只有一个：把福气关进门里。现在想想，福气不是关住的，而是源于你对世间，对别人爱的程度。所以在门上贴福字，其实就是在积攒对人间的祝愿。

平淡中凸起的年，就这样点亮了我的童年，点亮了我的生命。

冬天，有一盏叫年的灯笼。所以，日子虽寒冷却是明亮的。它使老妪的双颊重新染上青春的红晕，让她的丈夫在蓦然回首中，添几分惊喜。世人的心，透过厚厚的棉衣，又重新聚到一起。

在对年的守望里，家是最亮的一颗星。天南海北的人都向着家的方向奔涌而去。内心中无家可归的人是最为凄楚的人，哪怕他有山珍海味，哪怕他有名车豪宅。因为家不仅仅是一座房子，还要有一盏温情的灯，一个望眼欲穿盼你归来的人。

平淡中凸起的年，就这样轻声呼唤着我们丢失了360天的心。

别让时光把你倒着拎起来

别让时光把你倒着拎起来，那样，你会掉落很多不为人知的秘密。

上衣左口袋里有两张过期的电影票，错过的是你一直想和爱人去看，却一直没有时间去看的电影。电影没老，我们却先各自生出了皱纹；上衣右口袋里有一本通讯录，是和你的生活息息相关，或者说你要用到的人的联系方式。每次重新抄写通讯录，就会重新检点自己忘记了多少人。忘记之后剩余的，就是所得。但你的通讯录，从来没有被丢弃。始终都是满的，也始终都是空的；裤子的左口袋里是你的乘车卡、办公室钥匙和几个零钱，告诉你生活是琐碎的；裤子的右口袋里是日日更新的手纸，时刻提醒着你新陈代谢的好处；屁股上还有一个口袋，里面装着一张白纸，上面勾画着一些很奇怪的符号，像是你与命运之间的某种对话。

还有些肉眼看不到的口袋，比如，贴着贪欲的那个口袋，一些私房钱和暧昧的写给别的女人的情书；比如，靠着嫉妒的那个口袋，你诬陷朋友的检举信；比如，和虚荣隔壁的那个口袋，你沽名钓誉的各种虚假的荣誉证书……这些，你藏得很深，别人翻不出来，只有时光将你倒着拎起来的时候，它们才显露无遗。

被时光倒着拎起来的时候，你总是无限惊讶：咦！身上哪里来的那么多口袋？

当然，最主要的，还是担心被时光倒着拎起来的时候，把梦丢失，因为梦也在口袋里，离心最近的那个口袋。梦丢失的时候，我们无比忧伤。但我们似乎习惯了这样掩盖自己的忧伤。比如死掉了一只心爱的小狗，我们就再养一只；比如掉光了头发，我们就买来发套；比如三年前你爱过的一个女子，离开之后，你死去活来黯然心碎惨淡经营，可是在三年零三个月的第三小时三分钟，你开始与另一个女子上床做爱，并一样抵达高潮……

我们可以从容地在任何一个场合和一个陌生人熟练地娓娓而谈，却总是无法进入一个熟悉的人内心，咫尺天涯。一颗颗戒备森严的心，像筑好了防御工事的城堡，牢不可破。

我们甚至从橡胶树那里获得了真理：用新的痛苦埋葬旧的痛苦。

我们无法走到时光的前头，看它的枝头隐匿着什么。只能紧紧跟着它的步伐，贴着它的后背，一边怀想，一边感恩。因为只有对过去心怀感激的人，才能走得更远。

跑不到时光的前头，就敬畏地仰望它吧，看看它到底有多神奇，怎样刻画年轮，雕刻生活。痛苦只是暂时的，酸甜苦辣是不可或缺的生活调料。茫然，惶恐，快乐，悲伤，完整地构成回忆。我提醒自己，永远不要和时光背道而驰，你的幸福城堡在前面，你可以不必奔跑，但灵魂必须提前抵达。

在抵达那个幸福城堡之前，要感谢很多人，也要对无心伤害过的人心存歉意。

在灯光下，看到女儿手里握着橡皮，孜孜不倦地在那里改正作业本上的错误。孩子们可以随心所欲地犯错，可以把太阳放到夜里，可以把树种到天上，可以把人画出四条腿，他们不必为自己的错误担心，因为他们有橡皮，他们可以改正，一切都来得及。而我们呢，被岁月的鞭子赶到坟墓边上的人，已不容许再有任何过失，不管是打碎了亲情，还是碰落了友情，对于我们的后半生来说，都是一种难以缝合的痛苦，一种永无宁日的煎熬。

如果，真的有一种不能抗拒的哀伤，也不妨暂时接受它。静待它会在你身上种出什么样的果实来。

所以，永远不要和时光背道而驰。你要紧紧贴着时光的后背，跟着它向前走，不要让它把你倒着拎起来。因为回忆是徒劳的，只会让你的心灵长满野草，并且永远没有收割完的一天。

别怕，黑暗一捅就破

那时，我正在经历人生的低谷。坐在我对面的命运，像一个高深的弈者，总能识破我的一招一式，令我节节败退，四面楚歌。

由于决策上的失误，公司面临重大的危机。我召集公司所有的智囊商量对策，但没有一个人，能走出一步好棋。

我吩咐秘书推掉所有的电话，我把自己关在一个漆黑的屋子里。为了防止自己的崩溃，我放着比较轻松的一首曲子。尽管如此，我依然感到了一种大难临头的恐惧。

老父亲知道了我的困境，把自己辛辛苦苦积攒的养老钱全部拿了出来，让我解解燃眉之急。那点钱对于我的公司来说，无异于杯水车薪。

父亲在外面敲门，敲了足足有个把钟头，我依旧无动于衷。父亲急了，用拳头一下子砸碎了玻璃，光亮一下子就照了进来。

我给父亲包扎手上的伤口，父亲说，黑暗不可怕，你看，我一拳头就把它砸跑了吧。我知道父亲话中隐含的意思，我们同时想到了很多年前的一件往事。

那时候我还很小，好像只有 8 岁。由于在政治上和苏联交恶，战争似乎一触即发。全国上下都在忙着备战。我们家里买了一大口袋饼干，以应不时之需。有一天，广播里通知说，敌机很有可能在夜里飞过我们城市上空，为了防止被敌人的飞机看到可以袭击的目标，各家各户都不准点灯，窗户上要糊满纸，不能有一点光亮。

那个夜晚，所有的房子里都黑着，到处都是黑黢黢的，阴森而恐怖。

大人们聚到院子里，忧虑地望着天空，甚至连烟卷都不敢抽，空气紧张到极点。我们则躲到了屋子里，大气不敢出，更是紧张得要命。父亲说，别怕，黑暗马上就过去了。为了缓解我们的紧张情绪，他给我们讲一个个轻松的故事。渐渐的，我们不再那么害怕了。警报解除的时候，院子里的人们点起了篝火庆祝。父亲用手指捅破了窗户纸，火焰一下子照亮了我们。父亲说，看，黑暗并不可怕，它一捅就破。

父亲并未给我带来智慧的“金点子”，帮我力挽狂澜，渡过难关，但父亲为我带来了一根乐观思想的拐杖，使我不至于摔倒，使我在如潮的黑暗中看到了那召唤人心的丝丝曙光。使我坚定了信心，和公司的所有员工一起，节衣缩食，艰苦奋斗，终于度过了最为艰难的一段时期，使公司又重新走上了光明之路。

每个人的人生都会或多或少的经历一些黑暗，面对那些黑暗，亚瑟王悲观地说，“我不相信有天堂，因为我被困在这个地狱的时间太长了。”泰戈尔却乐观地说，“如果黑暗中你看不清方向，就请拆下你的肋骨，点亮做火把，照亮你前行的路。”

这些话，都是后来在书本上看到的，都是名言。而比这些名言更让我记忆深刻的，永远是父亲那句朴实的话：别怕！黑暗一捅就破。

半点荧光

因为一场大风吹断电线，很久不曾停过电的城市经历了一次短暂的黑暗。我在黑暗中摸索着，找到了一只打火机，点着了不久前为孩子买的生日蛋糕上剩下的几只小蜡烛，那荧荧的火光像萤火虫一样气若游丝，却令我不再那么慌乱。忽然就想起祖母来。

祖母的一生就像一根火柴，不断地为我们储藏着热情和温暖。火柴，小小的木头，把最炽烈的光，藏在最不为人知的暗处。初嫁时，头戴红纱，身材短小，为挥锄的男人烧水煮饭，为灯下的孩子穿针引线。老的时候，光焰散尽，头顶的红纱早已变成灰色的头巾，她再也燃不起火来。

小时候经常停电，停了电祖母就会点燃一盏煤油灯。灯芯长了的时候，屋子就会亮一些。我们在墙上的影子也更清晰一些，我们喜欢这个时候，也更乐于让手掌变换出老鹰和小兔子的模样，去墙上飞翔或者奔跑。可是祖母往往会在这个时候拿起剪刀，把放纵得有些得意忘形的灯芯拦腰剪掉一半，剩下微弱的一半光亮，苟延残喘。我们的老鹰和小兔子也不再飞翔和奔跑了，我们钻进冷冷的被窝，眨着黑亮亮的眼睛，看着祖母在那半点荧光下，纳着似乎永远也纳不完的鞋底。我们想，那样的鞋子肯定命硬，穿着那样的鞋子，就算再黑的夜，再难的路，也总能爬回家的吧。

祖母的半点荧光，长在故乡的中心，是故乡的灯芯。不管我们走多远，都不会忘了回家的路。

看过这样一个故事：抗日战争时期，日本兵逮捕了我党的一名地下工作者。他在被俘后，受尽了日本兵的严刑拷打。但是日本兵为了套出他口中的机密，却又不让他死，把他的两条腿绑住，两只手绑住，甚至把他的两个大拇指绑住，防止他自杀。他每天就在酷刑和审问中度过，但是看守他的日本兵发现，他竟然每天早晨都坚持做操，由于伤腿他不能站起来，就那样躺在床板上，嘴里喊着号令，扭动着腰肢，活动着胳膊，在被日本兵关押的一年当中，天天如此，等到日本投降的时候，他竟然奇迹般地还活着。

残忍的酷刑差一点点掐灭他的生命之火，但他依靠心中的信念，顽强地留住了生命的半点荧光。荧光虽半点，却可以暖一副躯壳于冰窖，救一颗心魂于地狱。

犹太人的经典《塔木德》里有一句话：人的眼睛是由黑、白两部分组成的，可是神为什么要让人只能通过黑的部分去看东西呢？因为人生必须透过黑暗，才能看到光明。

是啊，黑暗并不可怕，只要心中亮着哪怕半点荧光。

读阎连科的小说《年月日》的时候，脑海中也闪闪烁烁地浮现着半点荧光。

先爷是整个村落留下来的唯一的一个人，他活着的唯一目的，就是守护一株玉米苗。那是他的半点荧光，他的全部的希望。无粮，他把老鼠洞里的存粮刨出来；无水，他把井里的水用褥子浸湿拧出来。直到老鼠洞里再刨不出一粒米，仅有的水井也被死老鼠填满。先爷到处捉老鼠当吃食，到四十里外去寻水，与狼群展开一夜的对峙并最终令狼群退去。当他发现玉米苗亟须肥料的滋养时，他毅然决然的以自己的身躯为它充当肥料。最终，他的尸体与玉米的根须紧紧地相拥而眠，玉米的根须穿透了他的皮肉和骨髓，吸吮了他的养料而存活下来，并最终结成了玉米棒子，上面有七颗成熟的玉米籽。

那七颗宝贵的玉米种子，也便成了村人们的半点荧光，给了他们得以继续活下去的希望。先爷通过那七颗种子，传递给村人们一个信念："能活着就好"！

能活着就好。活着就会上演奇迹。

只要还有一片鹰的羽毛，便不该对飞翔感到为难；

只要还能见到一滴露水，便不该抛弃对叶子的爱恋；

只要还有一根火柴，便不该失去对光明的渴念；

只要还有半点萤火，便不该有半点厌世弃世之心！

爱上一盏灯

小时候，因为常常停电，家里最常用的是那种类似于奖杯形状的煤油灯，灯是用玻璃做的，圆鼓鼓的肚子里装着黄色的煤油，一根粗粗的捻子从油里伸到灯口，上面的火苗摇曳，像个醉酒的妇人，东摇西晃，憨态可掬。一家人围在四周吃饭、做家务、写作业，四周的墙上映出我们几个庞大的黑影，时间长了，屋顶上被熏成一片黑色。就是这煤油灯，母亲也不让我们多用，晚上我和哥哥姐姐们在一起不敢有半点怠慢，抓紧写作业，不然不等你写完，母亲就会熄灯关火，命令大家钻被窝睡觉。

在我的记忆里，母亲勤俭得要命。一辈子精打细算，硬是从牙缝里挤出了我和哥哥姐姐的学费，家境那么贫寒，她却从没让我们辍学。

后来，父亲利用在工厂的便利，自己做了一种叫“嘎斯灯”的铁家伙，每当夜幕降临，拿几块像干硬了的石灰一样的东西放进去，再加点水盖上，从上边细细的管儿里就能冒出气来燃烧，蓝色的火焰发出丝丝的声响，亮光也咄咄逼人，带着那么一点侠气和霸道，把黑暗瞬间赶跑。父亲告诉我们“嘎斯”就是电石，它被水浸泡所冒出的气就是乙炔气体。由于有了嘎斯灯，我更喜欢在它的光芒下捧书夜读，伴随着它的嘶嘶声度过了一个又一个充实的夜晚。每逢邻里有人来串门，大家围在灯的周围唠唠家常，憧憬一下未来的“楼上楼下、电灯电话”。每当这时，我总是在旁边认真地听着，好像在不久的将来父母和老一辈们说的那些愿望就能实现，所以那时候的梦也总是香甜的。我们伴着那蓝色的火苗，或读书写字、或温习功课，而母亲就靠近了做些针线活，情景甚是温馨。

再后来，就基本上不停电了。但母亲每晚照例那个时间熄灯，因为她心疼每月的电费，不会让我们多浪费一点电。

哥哥姐姐都没考上大学，就剩我一个希望了。临近高考，每天都会很晚回来，从学校到家有将近5里的路，我要骑自行车回家。那时候没有路灯，一路上都黑黢黢的，马路两边都是田野，有时候感觉有点害怕。其中有一段路坑坑洼洼，极不好走。

那天，我照例一个人骑着车子回家。因为天气阴沉，没有月色没有星光，四周一片黑暗。路过那段最不好走的路时，我小心翼翼地骑着，生怕掉进水沟里。这时我的后面驶来了一辆车，马上要超过我的时候，却忽然放慢了速度，它一直限速，跟在我的后面，雪亮的车灯照着一片光明，在光明中我迅速穿过了不好走的路段，然后那辆车超越而过，远去了。借着灯光看，那好像是一辆绿色的军车，心想那车里一定坐着可敬可爱的解放军叔叔。不自觉地，向着那远去的军车行了个像模像样的军礼。

总算要到家了，令我感到惊讶的是，在我家大门的门楣上，竟然装了一盏灯。屋里的家人都已酣睡，这盏灯却在这里热切盼望着我的归来。后来知道，那是母亲让父亲专门为我装的，她说就为了让孩子回家的时候心里亮堂。对于这么“抠门”的母亲，这亮了大半夜的灯会让她心疼吧，但是她更心疼她的儿子。

从那以后，只要我回来得晚，那盏灯都会为我亮着，只要远远地看见那盏灯，我就像长了翅膀一样，奔着那光亮不停地飞奔，我知道，那光亮里，满满的，都是父亲母亲的爱。

我终于没有辜负父母的期望，考上了大学。毕业后很快参加了工作。人生一路走来，遇到了各种各样的灯，豪华的吊灯、雅致的壁灯、朦胧的台灯、暧昧的霓虹灯、清醒的红绿灯……还有一些另外的灯，比如你得意的时候，朋友一个善意的提醒。比如你失意的时候，朋友一句贴心的安慰；比如高峰上吹过的一丝冷风，比如泥潭中拉你的一双手。这些灯，有的令我警醒，有的给我温暖。

其实人生处处都是灯，比如邻居抢先扫了你门口的雪，比如同事默默为你沏的一杯茶；比如虔诚人的跪拜，比如朝圣者的匍匐；比如你给陌生人的拥抱，比如陌生人为你报以的微笑；比如一首歌悄悄地流转，比如一朵花暗暗地绽放……我爱上了那些灯，而我自己，也在慢慢地成为那样一盏灯，尽管可能有些微弱，但却生生不息地亮着。

而活着，就该是亮着的吧！

向美行礼

诗人雁翼在叙述他的心灵第一次关于美的震动的时候，讲了他的一次亲身经历：

在一座很大的寺庙里，在一次激烈的战斗中，一种从来没有的感情和思想震惊了他！围攻他们的敌人被打退了，但寺庙却被敌人的炮火炸毁了。古老的柏树，精巧的佛塔，美丽的女佛像多被炸毁。更令人心痛的是一个年轻和尚的惨死。那是一个又巧又能的人，庙里的壁画多是他的手笔，美丽的、神态各异的女佛像也是他塑造的。但他被敌人的炮弹炸死了，一双灵巧的手被炸断了。

许多和尚跪在他面前，合手合目念着经。那声调是悲戚的，悲戚中又有一种说不明白的力冲击着人的心。

雁翼说，那个和尚本可以躲过那些炮弹的，但他舍不得离开他的那些塑像，他用自己单薄的身躯护卫着它们。他说它们是有灵魂的，不能让它们孤零零地被炸掉了。

当时的雁翼也想跪下来，和尚一样念出他心里的声音。那声音到底是什么？他心里乱糟糟的，也一时弄不明白。但突然有一个愿望在他心头涌现：“等赶走了日本鬼子，我也要出家当和尚。学他，把炸毁的女佛像重新塑起来。”

雁翼过后被他自己的念头震呆了：怎么一个八路军战士想当和尚？

夜里在焚烧那个和尚尸体的时候，雁翼的心灵又一次受到了震颤：所有的八路军战士竟然在没有任何命令的情况下，齐刷刷地站成一排，把右手举起，对准了他们的太阳穴——那是战士的军礼！

每个人都有各自的信仰，那个和尚的信仰是他心中的佛，八路军战士的信仰是共产党，两种怀揣着截然不同的信仰的人却在同一个时间同一个地点做了同一件事：向美行礼！

雁翼在他生命的后来选择了诗，就是从那次震动开始的。他虽然没做和尚做了诗人，而诗人的天职就是塑造美，修建和恢复被毁坏的美，从这个意义上讲，雁翼了却了当初的心愿。

在这个世界上，诗人在用他们的诗句向美行礼，摄影家在用他们的镜头向美行礼，音乐家在用他们的音符向美行礼……而我们呢？

我们往往对美视而不见，常常和美擦身而过。

大自然的一片云、一朵花，人类心灵上的善意和爱心，都是美的。一个浅浅的笑容是美，一个淡淡的问候是美，浓墨重彩是美，素面朝天也是美，只是这些美常常被日常生活的尘土遮掩住，就看你是否生就了一双探寻美的眼睛。

这个世界需要美景，更需要美德。只有二者合二为一时，人间才是天堂。

父亲的格言

父亲一直教育我们做人要光明磊落，不要在别人背后指指点点。上中学的时候，我和班里的另一个同学竞争班长的职务，为了拉拢同学给我投票，我把一些同学请到家里，并说了我的竞争对手很多坏话。被父亲听到了，他当时说了一句话：“当你用食指对着别人背后指指点点时，你是否注意到你其他的三个手指正指着自己并且以三倍的力量在还击你！”

父亲喝茶有个习惯，总是先把茶放到阳光下，让阳光慢慢渗入。他不懂茶道，但这道程序他却从不省略。父亲在上班前经常叮嘱母亲的话就是：“把我的茶叶放到阳光下晒晒。”晚上，父亲就会泡着那些被阳光晒过的茶，读书，写点感悟人生的字句。对于这个特别嗜好，父亲的解释是：“喝了被阳光晒过的茶，感觉心里就有了阳光的味道。”

曾经随父亲去参加过一个远房亲人的葬礼，所有人都对死者的家属说一些“节哀顺变”之类的安慰话。父亲却拍着逐渐壮实起来的后生说：“你要快点成长，早日扛起家里的重担。大树倒了，就是要给你们这些小树腾地方。”

下雪的时候，我用套子套住了一只鸟。我把它握在手中，如获至宝。父亲看到了，跟我打赌说他会让这黑色的鸟变成彩色的。我不信，就松开了双手。我看到，那只鸟在天空自由飞翔的时候，因为镶上了阳光的色彩而变得斑斓。父亲说：再美丽的鸟，失去了自由，被我们握在手里的时候，都是黑色的。

小时候有一次给家里买酱油，店家在找零钱的时候多找了一角钱。在当时，一角钱对一个孩子的诱惑还是很大的，它可以换来一大堆花花绿绿的糖果。店家找回来的一角钱是 5 个 2 分的硬币，我不想把这个“意外之财”交给父亲，就把它们藏到了自己的鞋垫里。柔软的鞋垫里突然有这么几个硬币在里面，很不舒服。时间久了，脚被硌破了，走起路来一瘸一拐。父亲知道后，并没有训斥我，只是帮我取出那几个硬币，送还给了店家。父亲对我说：不要为了几枚硬币而硌坏了自己的脚，那样自己走出的路会歪歪扭扭。

在我临近高考的那段时间里，父亲下岗了，又在出苦力干活时被重物砸断了腿，对于我们来说，父亲的倒下就像天塌了一样，可是父亲依旧快乐着，在给自己削拐杖的时候还哼着歌，丝毫没有被命运击败的迹象。

面对母亲的愁眉苦脸，父亲开导她说：这腿没几天就好了，现在我可以利用这几天好好养身子，身子棒实了，就是本钱哪，到时我再把钱给你翻倍地挣回来。

母亲对父亲的贫嘴没办法，只好由着他在那里哼着并不好听的歌。

父亲本来就是一副书生的骨架，再加上受了伤，再不能干重活了。他就买了一头毛驴，拴上一个简易的车棚，穿梭于大街小巷，收一些居民家中的废弃物品。路过垃圾堆时顺便拣点破烂卖钱。父亲的吆喝很有特点，他会编一些诸如“酒瓶子，易拉罐，搁在家里是破烂，给我就能把钱换……”之类的顺口溜，不时牵惹出居民的欢笑。

父亲早出晚归，每个黄昏，我看到的都是他一瘸一拐沉重而疲惫的身影，可是他看到我时又总会在脸上绽放一堆灿烂的笑。父亲就是这样，不论生活如何困顿，他总能找到自己快乐的逻辑：穷人吃豆腐和富人吃海鲜一样香，穷人穿棉袄和富人穿貂皮一样暖和，富人花大钱，穷人花小钱，都是一样的活着。

父亲一边擦拭着脸上的汗水，一边摩挲着我们的头，很“男人”地说：“放心吧孩子们，老天不会让我们总是待在冬天里！”

十捆柴火

母亲在春节前夕来城里看我，带来村里的笨猪肉和冻豆腐，其实我们在城里什么都不缺，可是做母亲的总会认为我们缺东少西，操劳着，惦念着，盈满爱的心，一日不得清闲。

我和妻子劝母亲留下来过年，母亲说城里住不惯，见不到那些老邻居，她会很憋闷的。

我知道，母亲哪里是不喜欢，她是怕给我们添麻烦。

一天晚上，我无意间看到，母亲正拿着一支指甲油，试着往自己又干又瘪的指甲上涂，看到我进来，她的脸刷的一下子红了，急忙放下那支指甲油。喃喃地说，“不知道这是啥东西，一辈子没用过呢。”我告诉母亲，那是透明的指甲油，男人都可以用的，用来保养指甲的。

“来，我帮你涂。”母亲不肯，我却执拗地拽着母亲的手，将每个指甲都涂上指甲油，但任凭我涂多少遍，母亲的指甲都是灰突突的，无法亮起来。

“不涂了，不涂了，浪费了可惜。”母亲一个劲儿地阻止我。

母亲一辈子爱美，爱唱爱跳的，可是为了我们，她的那些好看的衣服只能放到柜子里，来不及去穿。为了我们，一次秧歌都没有扭成。每天都要忙她的没有边际的活儿，“行啊，我就把这些衣服当我的装老衣服穿，留着下辈子穿。”母亲总是这样安慰自己。

我知道，不光是指甲，母亲的身体里，流失了太多的营养，那些营养，都流进了我们的血液，使我们茁壮成长，母亲却日益衰老。

我捧过母亲的手，仔仔细细地打量起来。

被流年彻底淘空过的母亲的手，它们苍老干瘪；

被岁月彻底洗劫过的母亲的手，它们沟壑丛生。

母亲的手指上没戴过戒指，一生都没有富贵的标记。

母亲的手指上更多的时候戴的是顶针，把针线从坚硬的鞋底穿过，反复穿梭，为我们做出一双双温暖的鞋子。此刻，我多么想用风尘仆仆的衣裳，把母亲的顶针，这全身上下唯一的饰品擦亮。

母亲的手常常为我们破旧的衣服打上漂亮的补丁，缝补我们困苦的童年，常常会为我们嗑一堆儿瓜子瓤儿，会剥开岁月之橘，滋润我们生长的疼痛。

母亲的手，会穿过时间、穿过骨头抚摸我们。

母亲不识字，母亲的手指从没握过笔，可是母亲却把爱写满了我们的人生。

在冬天，母亲就是家里的火。在我最初的记忆深处，灶火先是从母亲的掌心窜出，先是舔热母亲清瘦的手指，然后才回到锅底。灶火，照耀着母亲年轻的面颊，直至衰老。火的声音，摇撼着充满风霜的日子，让我们的家园布满温馨与祥和。

织毛衣的时候，母亲的手仿佛被火焰缠绕，所有的温暖从母亲的手上递过来。夏天，母亲的手拿着蒲扇，为我们驱赶闷热和蚊虫，母亲有风湿病，十根手指在雨天就变成了折磨她的魔鬼，钻心的疼痛。

母亲的手掌开始皴了，开始有了裂痕，可她擀出的饼依然那么薄，蒸出的馒头依然那么雪白，像我们日渐丰满起来的身体。

母亲的十根手指，就这样渐渐风干为十捆柴火，驱散着我们一生的寒冷。

迟子建在她的散文《女人的手》中写道："……女人在临终前比男人喜欢伸出手来，她们总想抓住什么。她们那时已经丧失了呼唤的能力，她们表达自己最后的心愿时便伸出了手，也许因为手是她们一生使用了最多的语言，于是她们把最后的激情留给了手来表达……我现在是这样一个女人，我用手来写作，也用它来洗衣、铺床、切蔬菜瓜果、包饺子、腌制小菜、刷马桶。如果我爱一个人，我会把双手陷在他的头发间，抚弄他的发丝。如果我年事已高很不幸地在临终前像大多数女人一样伸出了手，但愿我苍老的手能哆哆嗦嗦地握住我深爱的人的手。"

这双手让我想起母亲的手来，母亲不就是一直在用她那双勤劳的手托举着我们的幸福吗？我们的平安，我们的喜悦，都与母亲的手息息相关。

昨天晚上突然从睡梦中惊醒，睁着眼睛看着天花板，突然就听到一阵紧张的呼喊。我连忙起身，才发现是妈妈。是妈妈在睡梦中呼唤着什么，她的双眉紧皱，嘴唇不停地闭合。

我吃惊又紧张地连忙跑到她的床边，握住她的手，过了一会儿，母亲平静下来。渐渐地，我也就拉着母亲的手指睡着了。想起小时候，每天都是这样拉着母亲的手指睡着的，那样的梦里只有温暖，没有恶狗和严寒。

天亮了，母亲收拾东西要走。我突然变得极其任性起来，我说，"妈，不许走，请您一定要在儿子家里过年。明天我领您去扭秧歌，去看二人转……"母亲拗不过我，只好答应下来。我怕母亲变卦，非要和母亲拉钩。

母亲明明含着眼泪，却是笑着向我伸过她苍老弯曲的手指，和我说，拉钩！

我勾住母亲的小指，这十捆柴火中最小的一捆，便足以温暖我的一生。

第五辑

那些安分守己的忧伤

当你的人生灰暗无光，失去活力的时候，你是否想过，在自己心底安装一个蹦床，然后努力让自己成为一条蹦跳的鱼。

或许你跳得不高，但总高得过你的悲伤！

不要在明亮的房间里点上蜡烛

我认识一个很痴情的人，他单恋着一个女子，明知道无法让她爱上自己，可他依旧不改初衷。无数次遭到那女子的拒绝后，他说：“你爱不爱我是你的事，我爱不爱你是我的事，我只管做我的事，至于你想怎样，是你自己的权利。”

这是我听到的最为执拗的爱的表白。看似可歌可泣，实则愚蠢至极。无法回应的爱，就像一朵无法授粉的花，终究是结不出果来的。爱应该是回音壁，琴瑟和鸣才会让爱有了存在的意义。

我的一个文友，曾经在某机关做公务员，负责宣传，每天扛着一台摄像机，拍摄这个城市里一个个热火朝天的场面，回来后配上一段同样热火朝天的文字，然后送到当地的电视台剪辑播映。被宣传的单位总是热情洋溢地招待他，临走的时候再奉送土特产。他满怀着丰收的喜悦，打着酒嗝拎回家。这样幸福的日子过了好几年，并未觉得有什么不好，只是觉得有些冷淡乏味罢了。

直到有一天，他做出了辞职的决定。家人和朋友很不解，他说，无趣的事情会缩短一个人的生命。

当时，正在修一条高速公路，每隔十天半个月就会有各级领导来视察工程进度。某一日，听说交通部部长要来，局长便命令他扛着摄像机早晨8点就跑到边界去等着。等到10点，部长的车队才浩浩荡荡地开过来。让他郁闷的是，这条路快跑到头了，车队也没停下来。怅然若失之际。突然，部长的车停下了，部长推开车门出来，走向路边。朋友大喜，动如脱兔，扛起摄像机向他冲过去，却见部长缓缓地解开了皮带，稀里哗啦地小便起来。那个场景很是壮观：一行人等纷纷走下车，效法部长，一泄为快。是日，春风骀荡，阳光明媚，众领导无私地给沃野施肥，定然为日后的大丰收做出了突出贡献。

他在心里愤愤然：干的这是什么鸟事儿！宝贵的生命岂能就这样白白耗费在这些无趣的了无意义的事情上面。

辞职之后，他轻松许多，也发现了生命中更多美丽的有意义的事情，更多的精彩等着他的笔去记录，更多的美景等着他的摄像机去捕捉。

电影《云上的日子》有这样一个片段：一个男孩对一个娴静美丽的女孩一见钟情，他向她表达爱意，问以后是不是可以继续交往。女孩回过头，眼睛清澈如水，她说："明天我就要进修道院了。""要是我爱上你了呢？"男孩问。"那就像在明亮的房间里点上蜡烛。"女孩回答。

"在明亮的房间里点上蜡烛"，多么徒劳的一件事。你发光，却无法照耀，你温暖，却没有依偎，你慢慢耗尽自己，红泪低垂，蜡炬成灰，却没有人来理睬你。多了你，少了你，都无所谓，这个世界不会有丝毫改变，依旧灯火通明、热闹熙攘。你就像隐身的小丑，张牙舞爪，却无法博得众人一笑，无聊，没劲，冒傻气，白费心机，虚掷光热，你再努力，这里也没有你的一席之地。

在明亮的房间里点蜡烛，恰如无望的爱。没有回报，没有结果，没有未来，你愿不愿意做这样一根笨蜡烛？爱上修女的那个男孩子肯定是不愿意，他虽怅然，但还是理智地离开了。那个做宣传的文友也自然是不舍得虚度光阴，所以选择了辞职。

多少人不知疲倦地追求着眼前不重要的事，一寸寸流失着锦绣年华。待走到人生的终点附近，才感叹这并非自己想要的人生。生命可以平淡，但不可平庸，你的一生，不一定会著出绚烂华章，但总需要一点精彩的点缀。尽量让岁月的枝丫间跳动两枚闪亮的果，努力在生命的屋檐下挂起一盏斑斓的灯。不要让那些徒劳的事情耗费你的光阴，不要在明亮的房间里点上蜡烛。

一拨又一拨的好人撑起了世界的辽阔

你的生命中，是否也会遇到这样一拨又一拨的好人，只是，你还没有把他们从你的记忆里打捞出来？

一个有着近三十年教龄的小学教师，面临着退休，可是一颗心仍然全都放在孩子身上，这是一颗让人敬重的师者的心。

在她现在任教的班上有这么一个孩子，这个孩子从一年级以来学习状况一直比较糟，糟到按时完成作业和考试及格对他几乎是一种奢求。于是，她接班以后，一直很关注这个孩子。她希望班级的每个孩子都能像小树苗一样健康成长，她想和孩子的家长沟通，可是总联系不上，一次、二次、三次……，她先后给这个孩子的母亲打了八次电话，八次电话等来的居然是无人接听！她接着辗转着打听到孩子父亲的电话，结果仍是——无人回应。她，于是又苦思着下一步该怎么做。

一天，当她拖着疲倦的身子刚回到家，家里的电话铃响了。老伴见她累赶紧跑过去接，可最终电话还是传到了她手中。但是，这个电话不是平常的学生或是家长询问学习情况，而是那个家长的不明就里的兴师问罪："我说你这个人怎么搞的？！左一遍右一遍地打我的电话，打了八遍不够，还继续打我老公的电话！”言辞间的火药味似乎隔着长长的电话线都能嗅得到。听了对方连珠炮似的诘问，她恍然大悟，不仅不恼，还赶紧表明身份并耐心地解释原委……之后，肯定还发生了一些事，比如那位家长客观的种种原因，比如她后悔不迭的种种反应。但那不是我关注的，我所震撼的，是在许多东西都被利益直白地驱动着的现在，还会有这样“不入流”的老师，坚守着一颗执着的师者之心。

好人，在恶俗的世界里，总是“不入流”的吧。

有一次坐一辆出租车回家，司机是个爱说话的人，看到路边有正在清雪的工人，就打开了话匣子。

他说，这些人也真是不容易，一个月千把块钱，却要起早贪黑忙活一天。

我应和着，是啊，这是弱势群体。

他说，这要是家附近住的还好些，有些离得远的，还得坐车，中午还得吃饭，一个月也就剩不下多少钱了，可是他们也舍不得丢了这份差事儿。年岁大了，能干点儿就干点儿，也算是给儿女们少点负担吧。

他说，他早上就经常从这个区拉几个人去另一个区去扫雪，因为天太早，他们也不容易坐到车。他同情他们，车费每人 4 元他给减到每人 3 元，然后和他们说，每天早上都由他来负责接他们，这样对双方也都利好。这口头协议就这么一直维系着，可是有一天，他为了赶时间，担心他们等太久，从另一个区空着车回来接他们，结果他们却因为有一个顺风车每人要 2 元，他们就坐着走了，也没人给他打电话告诉他今天不要接了。

他气愤异常，觉得这帮人真是不靠谱，一点诚信都不讲。他觉得没必要再发什么善心接送他们了。

可是第二天他还是忍不住去了那里，那几个人在寒风里瑟瑟发抖。他们以为他肯定不会来了呢。

他打开车门，大声地喊：上来吧，你们不讲信用，我可讲。

这个好人，终究还是没能抵住那颗善心的引领。

想想我自己，一直是个懦弱的人。小学时被女同桌欺负得不成样子，另一位女同学看不过眼，替我出头，说以后谁再欺负我她就和那个人过不去；初中时被男前桌欺负，也是女同桌路见不平拔刀相助，凛然侠女一般，令我感佩；高中时被班主任欺负，男后桌替我反抗，并为此受了罚，连续三天站着听课。工作时，先是遇到伯乐，后是遇到良师，助我走上一个又一个台阶……

我遇到了一拨又一拨的好人。他们就像一茬又一茬绿油油的草，覆盖在广阔的大地上，把一拨又一拨小人，紧紧压在地表下面。

其实，再往小了说，好人也不见得就非要去帮助了别人。所有善待日子的人，都是好人。努力让自己的岁月镀着金，努力让自己的生命闪着光的人，也都是好人。

一拨又一拨的好人，撑起了世界的辽阔。

无法邮寄的春天

我刻意经过那个邮局门前，只为了看一眼那个奄奄一息的老人。听人说，他的脚腐烂了，连骨头都露在外面。我没敢走近跟前，只是远远地望着，我怕那些脏物会将我的慈悲赶跑，连同我的怜悯，一道落荒而逃。

他在那里一动不动，盖着一件破衣裳，如同死去一般。

那里有两个绿色的邮筒，被雕刻成天使的模样，装了翅膀，仿佛随时可以离地高飞。一封封信安静地躺在里面，如同躺着很多颗心：少年相思的心，少女怀春的心，慈母念儿的心，游子思乡的心……天使会带着这些心飞到它们想去的地方，不管春夏秋冬。

过了很久，我听到一声轻微的咳嗽，是他发出的。仿佛死亡的门偷偷留下的一个缝隙，让这属于生命的咳嗽声响亮起来。那个早晨的阳光灿烂无比，暖暖地照着他，似乎令他感到了生命中尚存的一缕温柔。他微微欠起身子，竟然望着太阳咧开嘴笑了。纷纷扰扰的行人在他身边不停地穿梭行走，一些人停留驻足，摇摇头，甩下一声叹息又匆匆走掉，转过头去，阳光依旧荡漾在脸上。

后来就下雨了，莫名其妙的雨来得迅疾而猛烈。老人把身子缩成了一个句号。一对情侣在不远处欢呼着，按他们的逻辑，这场雨是有来头的，因为那女人对男人说，爱我，拿什么证明？除非你能让这大晴的天立刻下雨。果真，雨下起来了，稀里哗啦的，没有任何征兆地倾泻下来。

我看到对面最高的楼层上，那个男人正举着水管向下面洒水，对爱情进行人工降雨。女人欢欣雀跃，为男人故意制造的浪漫感动得一塌糊涂。

老人头上的雨，像发了狂的洪水，冲垮他心中最后一个堤坝。

浑身湿透的老人不停地打着冷战，好在阳光是慷慨的，一寸一寸暖着他的身子。

令人感到不解的是，这样一个已完全丧失行走能力的老人，却在身边整整齐齐地放着一捆行李，而且是极其干净的。他无法行走，只有靠路人的施舍来延续自己的生命，死神像风一样随时都可以将这根老迈的蜡烛掐灭。夜深的时候，凉意像歹徒的刀一样贴紧肌肤的时候，他却依然舍不得铺开那套干净的行李，用它御寒。

我想，一定有一个绿色的希望在老人的心里生长着。或许他依然梦想着奇迹的发生，希望有一天自己能站起来，用这崭新的行囊给自己暖一个小小的窝吧。

我揣着怜悯，站在离他 5 米远的地方，感受着一个气若游丝的生命。

阳光依然灿烂，一个孩子试图将一封信投进邮筒，可是他太小了，使劲踮着脚也无法将信投进去。老人用手撑着地，艰难地挪到孩子跟前，用尽全身的力气托举起那个幼小的身躯，一封信就这样生出了翅膀，一颗心就这样开出了苞蕾。

“爷爷，你怎么不能站起来啊？”

“爷爷生病了，没力气了。”

“那我扶着你。”

“瞧你这小不点，还没我蹲着高呢，怎么扶我啊？”

孩子和老人都笑了。那绿色的天使邮筒，在阳光下又像是一棵郁郁葱葱的植物。在这个万物生长的季节，很多人忽略了一样弥足珍贵的东西——爱，近来的收成不是很好，常常青黄不接。

邮筒之所以是绿色的，就是因为它会给人带来希望。它挺立在那里，帮人传递着亲情友情和爱情，而那个无法行走的老人，他的春天，却永远无法通过邮筒传递出去。

我来到这里是为了什么呢？我开始扪心自问，难道仅仅想对他说上几句安慰的话吗？我怎么没有想到，给他满身满心的怜悯，不如给他一支廉价的消炎药更有效呢。

他的春天，无法邮寄，而我的忧伤，又何尝不是！

我的记忆中始终收藏着这难忘的一幕，他用两只手支撑着向前移动。那两只手，是两支发育不全的树枝，吐不出新芽。他在离春天很近的地方，一步之遥，但就是无法到达。

每当我想起这个不放弃希望的老人，都会引来一阵疼痛。那来自于灵魂深处的忏悔，就像我的风湿病，常常在雨天让我周身上下都渗出冷冷的汗水。

丢失的小巷

狭长狭长的小巷是城市的咽喉，咽不下大悲大喜，吐不出豪言壮语。只有锅碗瓢盆碰撞到一块儿，交织出普通人的命运交响。

狭长狭长的小巷是城市的脉管，里面蠕动着质朴本真的生命。有宁静浸你肌肤，有祥和润你肺腑，阳光在巷子里穿梭，像一条晶莹的小溪，涌在我们的面颊和脊背上，试图与我们的血液汇拢。

巷子里的人，多是穷人。为了省一毛钱和小贩们斗智斗勇婆婆妈妈，为了那点微薄而又经常迟到的工资把自行车累得腰肌劳损哼哼唧唧。

巷子里的人，多是俗人。他们不懂小资情调，不懂波希米亚，不懂小资女人们为什么要花那么大价钱买化妆品，在他们眼里，那个价钱是半年工资，一百斤猪肉。

明天，这个热闹的小巷就要消失了，取而代之的是高耸的楼房。巷子里的人们都将住进一个个精美的鸽笼，彻底断绝与这巷子的血缘关系。巷子，这贯穿整个城市的浅浅的河流，就这样中断了。我们再不用担心骑着单车下零点班时路过这黑漆漆的“隧道”，再不用担心在黑暗的掩护下，滋生出罪恶的念头。但是巷子没了，我们总觉得缺了些什么，像嵌入我们生命中的某种东西忽然丢失了一样，让人多少生出些莫名的惆怅来。

巷子没了，邮递员绿色的影子莫名其妙地也跟着失踪了。今天，我们是否还有信在路上？城市在变迁，变得日新月异，变得五彩缤纷。楼房公共汽车大排档以及音像店，那是从前的城市，今天的城市有更新鲜的东西，网吧迪厅健身房，按摩桑拿泡脚屋。只有我没有改变，依然如喑哑的蓝天那般忧伤，透明的水晶石般冷冷地搁浅在城市的橱窗里。任外面下着雨还是飘着雪花，任外面的人是衣衫褴褛还是披着婚纱。当忧伤把漫天的雪花都变成信笺的时候，一切欲望，虚荣和疼痛便都在我的手心里融化了。

巷子没了，撑着油纸伞，丁香一样忧郁的姑娘不见了，拎着灯笼满巷子疯跑的孩子也没了。那些在风中“咿呀”作响的厚重的木门没了，一家人兴高采烈手忙脚乱地贴春联的场面便没了，跟在一长串鞭炮后面炸出来的欢叫声也没了。董桥说，这是个没有童谣的年代。我真想找个罐头瓶子，在里面点上半截蜡烛，拎着这个再普通不过的灯笼在巷子里重新奔跑一回。

怀念巷子，是因为它流淌着真实的风。阳光是真实的，笑脸是真实的，柴米油盐嬉笑怒骂都是真实的，这里的一切因真实而可爱，他们热爱生活，比太阳起得早，在城市的海面不停地翻卷着激情的浪花。

怀念巷子，还有一个原因来自于对楼房的恐惧。在那些高高的办公楼里，我仿佛变成了另外一个人，戴着面具的人，精心策划着一幕幕闹剧。防盗门越来越厚，防了贼也隔绝了人心，人们守着各自的鸽笼，拒绝交流也囚禁了自己。

巷子没了，记载着我的出生，童年以及恋爱和婚姻的一本手册就要被撕毁，我却无力阻止。这是城市发展的必然，它厌弃古老陈旧的东西。

巷子没了，城市拥挤不堪，人心却空阔了。

在与巷子相依相偎的最后一夜，从街头到巷尾，再从巷尾到街头，我不停地走动。没有人看见我溅洒在风中的泪水。甚至，我是偷偷摸摸出来踱步的，深更半夜像做贼一样，怕别人看见。我做错事了吗？我只是在用自己的方式怀念，怀念这里曾经发生过的一切。包括爱，包括憎恨。我想把儿子叫醒，给他做一个灯笼，陪我最后一次把巷子的血管疏通，又怕被家人讥笑为神经质。儿子的玩具太多了，变形金刚，蜡笔小新，花样翻新层出不穷的游戏卡，他是不会懂得那个普通的灯笼对于我的意义的。

我只有一个人不停地走动，月亮躲到远房亲戚那里，不肯给我一支烟。我想，明天的黎明对于一个怀旧者来说是一个黑夜，但是它必然来临，无可阻挡。

上弦月

上弦月，只陪你上半个夜晚，剩下的时间，留着给你回忆。

上弦月是一把剃须刀，刮掉了整个前半夜的忧伤。

上弦月，像根贴在黛蓝钟面上的时针，静静地照看着人们的时间。

“人的时间是多么少啊！上弦月发出它的感慨，去掉睡眠，去掉奔跑，属于快乐的时间在哪里呢？”

“而你又何尝不是？除了月圆之夜，其他的夜晚不是一样弥漫着忧伤吗？”

“不。我有我的快乐。上弦月的时候我有希望，下弦月的时候我有念想，我是快乐的。悲伤，只是人们强加给我的一件衣裳。”

随它怎么说吧，我依然固执地相信，这一抹凄冷的弯，是看透红尘种种悲欢离合后的一汪眼泪，是冷冷夜空中的一撇伤疤。但这并不妨碍它的快乐，就像每个啤酒盖都有被启开时留下的伤痕，但它们并不为此悲伤。

夏天的尾巴像壁虎，割掉了它还会再来。

越来越多的人，在越来越小的时候，心中就失去了一份光彩。叶芝曾写道："人所听到、看到的事情，均为生命之线，倘能小心将之从混乱的记忆线轴上拉出，谁都可以用它来任意编织自己想要的信仰之袍。"似乎现在的我们正渐渐失去这样的能力。听到的，看到的，均被我们丢弃，无法引起兴趣。

什么都无法引起兴趣，但只有月亮是个例外。空空的世界，似乎也只剩下这个最后的月亮。它现在是弯的、单薄的。

我看到了我的月亮，就像葛朗台看到金子一样亲切。人说，有什么样的心，就看出什么样的月。我说，月是怎样的，心就是怎样的。

在发霉的时间里，心上长出了很多草。上弦月，一把适可而止的镰刀，帮我变得纯净。

走廊两边是不同的风景。左边是带刺的玫瑰，笑语盈盈。右边是暗淡的伤竹，垂头叹息。

快乐和悲伤，是生活同时带给我的两种天气。

就像隔壁两旁住着不同的邻居。白天打招呼的，是甜言蜜语。夜里来探访的，是寂寞空虚。

在寺庙里，一个青年男子对一个和尚说，现在，我一心想修佛。那和尚说，佛没坏，不用修。修自己吧。

就像看到这缺月，缺的不是月亮，是你的心。

在一个城市里有两个伟大的哲学家，其中一个是有神论者，另外一个是无神论者。他们两个人都一直试着要说服城里的人。整城的人都被搞得很混乱，生活简直过不下去。城里的人决定："让他们两个人去讨论、辩论，然后不管谁赢，我们就跟着他，我们总是跟随胜利者。"所以就在那个挂着上弦月的夜晚，两个哲学家开始讨论和辩论，他们两个人都是非常伟大的逻辑家，但是到了早上，整个城市陷入了更大的混乱，他们互相都说服了对方，所以那个无神论者变成了有神论者，而那个有神论者变成了无神论者，那个难题还是继续存在。

争论和辩解是没有意义的，德彪西说，"哲学家们总是分析、分析，冷冰冰地毁灭秘密。”现在月亮也处于这些争论者的中央，它是否会安然无恙呢？

不论如何，请不要把月亮叫作“有壳、幔、核等分层结构的星球”。

月亮没有标签，很多人都喜欢仰望它，向它倾诉衷肠。好人没有标签，很多人都喜欢向他们靠拢，取暖或者纳凉。

上弦月，它也常常割开我刚刚愈合的伤口。但它同时劝告我，生命，就是要通过失败去学习成功，通过羞耻去学习荣誉，通过落魄去学习坚强，通过叛逆去学习真我；甚至通过暴力去学习文明，通过战争去学习情感，通过血腥去学习嗅出一朵花儿的芬芳，通过死亡去学习内心的大开放……

当你听到敲门声再一次清脆的响起，站立的同时，微笑从你那小小的坚强的心中悄然升起。是的，你要微微含笑，让笑容从那痛处像生出的一朵花儿，让笑容从记忆中如同攀爬出来的一根藤。牵动你唇角去微笑，给不幸一个另类的表情，为了你的骄傲。

你明白一些人总是要去的，一些人总是要来的。如果你的心已是满目疮痍的土地，就需要让另一个春天入驻。如果是因为春去时曾为你留下满地狼藉，你恰恰需要一个冬天的雪来将腐败冻结、覆盖。

上弦月是一把剃须刀，剃掉了那些烦恼丝。还给我一张虽然有皱纹但却洁净的脸。

人生是一条蹦跳的鱼

在一家餐厅吃饭，我说菊花茶有苦味，服务生说不可能的，他泡了一天的茶，也没有客人反映有苦味，应该是没有加糖的缘故。他没有征求我的意见，直接就把糖放到杯子里。他不知道，我是喜欢那种苦味的。他的糖，媚俗了我的灵魂。

还有一次，和朋友去小酒馆喝酒。我俩各自去倒一杯白酒，朋友为了对得起酒钱，倒了满满一杯，而我却没有倒满。他小心翼翼地端着酒杯回到座位上，结果他的那杯洒了很多，而我那杯一滴没洒。放到桌子上后，他发现我那杯酒反而比他那杯酒还多出了一截。“嗨，还是你聪明啊。”朋友对我说，“光想着占有，没曾想反而失去得更多。”

“不仅如此呢，”我说，“还有这短短的一小段路呢，你看你走得如履薄冰，而我却是轻松自在的。”

我喜欢把岁月描绘成苹果，我容易把苹果想象成少女的脸庞，我鄙夷我的三尺垂涎，却不排斥我的热爱。

《海角七号》里有一句台词：我不是抛弃你，我是舍不得你。不明就里的人，看这句话怎么看怎么像是一个薄情郎为自己的薄情找的堂而皇之的借口（当然，如果你看过这个电影之后，里面的情节是会让你认同和喜欢这句话的）。有些人的人生就是这样，抛弃就是抛弃，何必再找那样一个煽情的伪装的尾巴呢。哪怕绝情，也毅然决绝一些为好，那不光是为你，也为那个失宠的女子，让她早一点回头望月。

躲在树洞中苟且是一生，站在悬崖边眺望、挣扎也是一生。

木心眼中伟大的盛景是：一个渺小的人，在肮脏的世界上，干净地活了几十年。

雪小禅说，“人生不过是一条蹦跳的鱼，想抓住它，又嫌它腥”。

我却不介意这条鱼是否被我抓在手里，我只想顺着它的脊背，看见岁月的粼光。

人生是一条蹦跳的鱼，无比鲜活。这就够了，有了这条鱼，就不怕你的周遭，变成一片死水。

人生是一条蹦跳的鱼。水有水的欢欣，鱼有鱼的快乐，各取所需，其乐融融。

雕刻家手里拿的不是刀，是岁月。任你是再顽劣的石头，也抵不过它的摆布。

精美的瓷器摆得太久，看得让人生厌，那么，它就是灰尘。

鸡毛掸子，掸掉岁月里的尘灰，也失手打碎了那瓷器。

瓷器碎了，日子不是依旧还是要过吗?

哀伤的时候，沉默是一种通用语，用来倾听彼此内心的涛声。

夜，张开无比宽大的仿若镇元大仙的宽袍大袖，把一切都装了进去，把一切痕迹都抹得干干净净，只有星星成了漏网之鱼，微微抖动着，仿佛刚刚受了不小的惊吓。

夜，用安详，引诱我放下对整个世界的戒备。

夜，也是人生的一部分。当你的人生灰暗无光，失去活力的时候，你是否想过，在自己心底安装一个蹦床，然后努力让自己成为一条蹦跳的鱼。

或许你跳得不高，但总高得过你的悲伤!

那些安分守己的忧伤

一幅安静的画，是画家揉碎了自己的灵魂，蘸着回忆，勾勒出来的梦。欣赏这样的画，也要揉碎自己的灵魂，走进去。

文字，是我们对这个世界最好的倾诉方式，有时候觉得自己是那样一只咯血的火狐，在雪地上奔跑，追逐自己的梦，留下美丽的脚印。

文字就是我们的舌头，就是我们自己舞蹈的脚尖。

我喜欢那些诗一样的句子。每个段落之间，每个词语之间，都有文字的香。每个汉字的缝隙，都漏着月光。

夜深人静，一个人伏在书桌上，向一张白纸倾诉着爱恨情仇的时候，我听到了时钟里秒针走动的声音，仿佛心跳，均匀而有力。心里就有了一种莫名的感动，为这个寂静的夜里，它的陪伴。就想到了生命中的那些过往，那些值得你留恋的人和事，不也正如那不停走动的秒针吗？在生命中不停歇地跟随着你，陪伴着你。

躁动的人全去了街上，那里有烟火表演。我们常常这样贪婪，耳朵在倾听天籁，仍然奢求眼睛能够享受美景。

现在我的身边只剩下旧事和静物，那些安分守己的忧伤，却带给我幸福的闪电，令我浑身战栗。

安安静静的幸福，在身边，一刻都不曾远离。比如，屋顶上栖息的鸽子，像一小堆一小堆的白雪，让人无比担心，它在某个炙热的午后，会悄悄融化；比如，邻家的小狗跑到我的院子里来，趴在我的脚边，为我看家护院；比如，在清晨，欣赏一幅安静的画；比如，在深夜，写上几句对这个世界的看法……

静下来的时候，我看到很多事物：一只黑夜里的虫，披着透明的翼，正在咬碎花瓣上的露水。

我听到了自己内心深处的涛声。

静下来的时候，往事在心底慢慢融化。年少时光啊，一个个激动人心的夜，一首首胡言乱语的诗。那时候喜欢点上蜡烛，其实蜡烛是我们每个人的光阴。我们都是流泪的植物，都在生长，只是一个向上，一个向下，我们和蜡烛朝着两个不同的方向奔跑，有着说不清的快乐，也有说不清的眼泪，那是成长的疼痛。

那时，整个世界都在眼前，可以尽情挥霍。你把世界画成仙人掌的样子，世界就是仙人掌，宽阔、敦厚，遍布荆棘；你把世界画成狗尾巴草的样子，世界就是狗尾巴草，卑微、琐碎，满目狼藉。

世界是你自己的。你是随心所欲的恺撒。

静下来的时候，会发觉自己很轻。如同被人鄙薄的纸片，轻得没有了魂灵。案头的青花瓷，让我的灵魂顿生仰慕之情，到底是那些花的芳香泽了瓷，还是瓷的清辉润了花？那是个永恒的秘密，任何人都无法破解。

我把自己隔开，从白天的牢笼释放出来，走进夜的自由的丛林。关掉电脑，躲开那些虚幻的想象，躲开那些八卦新闻，听听角落里昆虫们微弱的喘息，才发现世界竟然如此纯洁。可是谁又能把那纯洁的世界珍藏，又在最早的早晨铺开？

这个崭新的世界忽然让我感到陌生。世界静得，只剩下黑色。

这个夜里，只剩下幸福的呼吸，均匀、舒畅。仿佛快乐的孩子，为了催促自己快些睡下，一遍遍地数着那些枯燥的阿拉伯数字。

这个夜里，我安分守己。把忧伤的灵魂交给稿纸，交给画布，交给缓缓流淌的乐曲。

世界就那样平静着，平静得有些出奇。公鸡照常催促着人们起来劳作，狗也照常用它的吠声维持着自己的生计，那吠声不外乎有两层含义：要么是在见到生人时为自己壮胆，要么就是在向主人讨取食物了。

我想起一个人也是在那样安静的早晨静静地走的。那是教过我的语文老师，穿着干干净净的衣服，犹如没有根的魂魄，犹如一缕炊烟，带着人间最后的温暖，化云而去。我去参加他的葬礼，那葬礼也是安静的，甚至没有哭声。我喜欢这样送别的方式，只有低低的乐曲，不由得让人愉快地想到，我们正在护送一颗灵魂赶往天堂。

等到一切都停下来，一切都静下来的时候，人就老了，便会感悟很多别人无法理解的幸福，比如找个好朋友，找个好天气，找棵结满果子的树，摇下几颗果子，然后坐下来，分享彼此无聊的生活点滴。比如默默地关注着一个你喜欢的人，你从不对她说：来吧，看我的水，波光潋滟，是为你泛出的波澜。你不愿打扰别人，你活在你自己的世界里。你只会对着山谷，喊出你的忧伤。你的安分守己的忧伤。

我合上我的稿纸，让那只奔跑了一夜的笔，回到它的洞穴。阳光出来了，我却要去睡一会儿了，我去冲澡，我要把自己洗得干干净净才去睡觉，这是我的习惯。这让我想到了我的语文老师，想到了他的死亡。每个人，每一天的梦乡，又何尝不是奔赴天堂之约的预演?

窗台上，一些昆虫们已经奄奄一息。才发现秋的橱窗里，已摆满夏的遗体。

便禁不住一遍遍地这样问自己：静。然后是净。再然后，是境。可以让心灵美好的几个台阶，如今，我走到了哪里?

闷闷不乐的杰姆

杰姆的脚有点小毛病，走起路来有些踮脚。为此，他整天闷闷不乐，什么都不肯去做，以酒为伴，穷困潦倒。对于他，每个明天都是黑色的。“该死的上帝，”他在心底怨恨着，“为什么要让我来遭受这样的苦难？”

上帝的耳根子常常发热，因为每天晚上都要被杰姆咒骂几遍。上帝对身边的几个天使说：“快去看看那个整天发牢骚的人，他吵得我吃不好睡不好。想想办法，怎么样才能让他快乐起来？好让我耳根清净些。但有一点必须记住，不能改变他跛脚的现状，只可以适当地给他一些外在的帮助。”

一个天使给了他一顿丰盛的晚餐，还有一瓶上好的红酒。他吃饱喝足之后，拍拍肚皮，仍旧没有快乐起来，“该死的上帝，”他嘟囔着，“吃了这么好的晚餐，就该有个好地方睡觉。可我那个破家，到处乱糟糟。”

一个天使给了他一个住所，他住进去，窗明几亮的屋子，仍然无法令他快乐起来。“该死的上帝，”他嘟囔着，“这么好的大房子，让我一个人孤单单地住着，真是令人伤感。”

一个天使给了他很多银子，让他娶了一个贤惠的妻子。妻子为他生了很多孩子，看着孩子们，他的眼神中闪过一丝欢愉，但很快就被他的哀愁淹没了。“该死的上帝，”他想，“这帮小兔崽子们终究要长大，迟早得离开我，最后我还是一无所有。”

天使们一个个失望地回来。没办法，老人家只好亲自上场。他化装成一个断了腿的人，并且弄瞎了眼睛，匍匐着走到他面前。“老天，你怎么会如此可怜？”杰姆可怜地对上帝说。“是啊，所以我需要你帮帮我。”上帝说，并装作有些疲惫不支的样子。“孩他娘，快做些好吃的来，再给他些银子，你看，他是个多可怜的人啊！”他一边吩咐妻子，一边安慰他。他快乐了，他没想到他还能帮助到别人，这证明他是有用的啊。

可是这份快乐没有持续多久，杰姆便又陷入了他欲罢不能的痛苦。“该死的上帝，”他继续咒骂道，“你怎么在人间撒下那么多苦难的种子啊？”

上帝的耳根始终无法清静，每天晚上都要被杰姆的咒骂折磨得辗转反侧，难以入睡。没几天，头顶就有些秃了。“该死的上帝，”他不禁自己也轻声骂道，并扔掉了胸前戴着的十字架，“为什么偏偏要选我当上帝。”

上帝决定和杰姆对换一下位置，让杰姆来当这个至高无上的上帝，自己去当那个怨声载道却也逍遥自在的杰姆。

“杰姆，我是上帝。我们来对换一下位置吧，我也让你享受一下天堂的荣光。”

“你怎么会是上帝？”杰姆嘲笑道，“你的胸前连个十字架都没有。”

“我真的是上帝，我向上帝保证。”上帝的声音里甚至开始带着哭腔。

“该死的上帝，”杰姆慈爱地抚摸着眼前这个眼神呆滞、举止失常、有些秃顶的人，咒骂道：“看你把这些可怜的人，蛊惑成了什么样子！”

每朵云都是一张亲人的脸

云，就那样飘来荡去，自由自在地在天空玩耍。有时候变成一朵最妖冶的花，闪着夺目的光华；有时候变成最薄的宣纸，等着诗人去泼墨挥毫；有时候变成最轻的羽毛，扇动起怀念的微风；有时候变成最软的雪，覆盖着一些你爱的名字。

一块干净的风，轻拭她的额头，是在探测她的体温吗？云是最高处的慵懒的鸟，栖息在天空的胸脯，无比快乐。

这个下午，我伏在窗台上，看见了云，沉重的心变得轻盈。忽然间想在云的信笺上写封家书，亲人们，你们好吗？

小时候，总喜欢和哥哥姐姐们躺在高高的柴垛上，等着父母下班回家。愚钝的姐姐总是不厌其烦地去拨快座钟的时针，让它尽快走到那个幸福的时刻。这掩耳盗铃的把戏一度让她美滋滋地等待，又一次次失望。“这钟怕是出毛病了，总是走错点呢。”父亲一边调试钟点一边有些狐疑地望着我们。这个时候，姐姐就红了脸，低下了头。她以为她操纵了一座钟表，就能左右了时间，控制了岁月，我可爱的傻姐姐，那样，青春便不会从你身上掉落，你也不会远嫁他乡，我们也就听不到你在电话那边的哭泣。我们也可以永远相守在青春年少的花园里，捉我们永远也捉不完的迷藏。

那些傍晚的时光，我们一边望着天上的云朵，一边数着路上的车。哥哥拿着一张很大的烙饼，路上过来一辆马车，他就为我们揪下一小块，过来一辆自行车，就揪下更小的一块，路过一辆汽车，就扯下很大的一块。那个时候的车很少，一张烙饼够我们吃一个下午。我们哼着童谣，猜着谜语，用这样的方式等待着亲人的归来。那时的天空，蓝得像海水，云朵，洁白得像刚出生的婴儿。

更记得少年时在姥姥家的情形。姥姥家在乡下，姥姥是个驼背的小脚老太太，对我宠爱有加。每一次见面后，都要先为我煮上两个新鲜的大鹅蛋。走的时候，更是千叮咛万嘱咐，总以为我走出她的视线之后，就变成了摇摇晃晃的弱不禁风的草。当我听完了她的叮咛走出不到十米，她就又会赶着小脚上来，再想些嘱咐的话让我记着。比如哪一段的路上有积水别在那里玩，哪里的墙快倒了走时离它远点，常常让我哭笑不得的是听完她的话我都觉得要寸步难行了，不过听不听也仍是难行的，因为当她这样三番两次叮嘱完后，我走出更远的距离以为终于轻松了的时候，她总是又在身后气喘吁吁地喊我的名字。有时只为了看看我的包带是否结实，有时只为了把前几分钟里的话再重说一遍。而回望她青灰瘦小的背影远到似乎从未在田埂上出现，我却还是不能确定她会不会再突然追赶上来。或者因为我怕走得远了让她追得更辛苦，我开始在那个地点磨蹭，踢踢土疙瘩，或是查看身边地里都长的什么秧苗，抬头看着天空，一朵朵云，仿佛每一朵都是亲人的脸。直到天快黑了，时间久到可以确定她是不会再来了，这才放心地撒开双腿在荒凉的野径上狂奔去赶通往城里的最后一班公共汽车。那个时候，我不怕摔疼，我怕心疼。

一片叶子打到我的脸上，绊倒了我从遥远的地方一路走来的回忆。你看，我还是经不起眼前一粒尘埃的触动啊！那么愣愣地伏在窗台上看云的日子，让我重新年轻过来。一颗童心，原是一刻都没有离开过的，只是被我藏匿了太久。

快速而紧张的现代生活让我遗忘了我的云朵，唯一的一点诗意被逼得走投无路。洁白耀眼的云朵，就那样做着我们灵魂上的补丁，默默慰藉着我们在人世左奔右突的尘心。

我们在低处奔波劳碌，背井离乡，云却在最高的地方怀念亲人。

周末，领着孩子去郊游，顺道让她背了画板练习写生。女儿喜欢画云彩，拿着画板像模像样地画了起来，把大朵大朵的云搬运到她的画板上。女儿画的云朵都很鲜活，栩栩如生。一边画，一边对我们说，这朵云是奶奶，因为它生满了皱纹；这朵云是妈妈，因为它一挤就要流眼泪；那朵云是爸爸，因为他高高在上……

女儿是带着爱来画那一朵朵云的。在她看来，那些云，每一朵都是一张亲人的脸。不管它变换成哪种姿势、哪种容颜，无法更改的，始终是一张张亲人的脸。

谎言鸦片

谎言如同鸦片，吸了这口想那口。上了瘾的人，为了吸上一口，常常会不惜出卖自己的灵魂。

同学聚会的时候，听到一个令我们震惊的消息——上学时候品学兼优的小海竟然因为诈骗罪而被判了刑。想起大学里的他，是那样纯净，喜欢顾城，喜欢海子，用孩子的眼睛看着这个世界，始终信任着人世间的美好。

万万没有想到，他竟然会走上这样一条黑暗的路。听同学说，他受了一个传销头子的蛊惑，那传销头子告诉他，发展下线只是“用善意的谎言把别人的钱先骗到手再说”，他听信了这个谎言，继而又用谎言成功发展了下线，他觉得没有比这更好的“创业”方式了，从此深陷其中，想方设法地疯狂发展下线，用一个谎言串起另一个谎言，无数的谎言使他非法谋取暴利达上百万元，最后，谎言终于被揭穿，落得个锒铛入狱的下场。

那颗曾经喜欢过诗歌的心，终究没有敌过膨胀的欲念。

我们去监狱看他，他万分羞愧，良久无语，最后只说了一句话：

“我的灵魂吸了鸦片。”

除了扼腕叹息，我们没有更多安慰的话，只希望他早日“戒毒”成功。我们自己，也要像戒烟一样，远离谎言，因为谎言里的尼古丁一点儿都不比香烟里的少。

看过一个故事说，一条狗追咬一个人，那个人蹲下身去，狗以为他要捡石头打它，转身跑了。碰巧路过一位老者，弯腰捡起一颗石子，向那狗扔过去，正好打在狗腿上，狗嚎叫一声，跑得更远。那人不解地问，狗都跑远了，为何还要打它呢？老者说，既然蹲下了，就要真的打它，不然下次它就不信你了，会乱套的。

这个故事让我意识到，你的一句谎言，一次伪行，极有可能会造成破坏某种秩序的严重后果。

小时候，几乎每个人都接受过“狼来了”的教育，可是谎言依然丛生不绝，伪行依然日日上演。人们习惯了谎言的浸泡，早已铸就了金刚不坏之躯，里面住着一副冷硬的心肠。

有人或许会觉得这多少有些小题大做，其实不然，任何谎言和伪行都是带着连锁反应的，就像蝴蝶振翅可以扇起一场风暴一样，看似夸张却是科学的。

事实上，这就是一个充斥着谎言的世界，如果有人说某某活在别人编织的谎言中是一种可悲，那么，更为可悲的事情在于活在自己编织的谎言中，有时候你自己甚至还不曾觉得。太可怕了，不是吗？人就这么一辈子，却被一个或者若干个谎言纠结得疲惫不堪，所有的事情，你都要为自己苦心经营的这么一个谎言撑着。

谎言，是枯了身子萎了心的花，张开嘴，就已经闻到腐朽的气味了。

保持内心无欲无求的平静，是一个人最难修的境界。我们的心经常会被欲望、虚荣、仇恨、愤怒、嫉妒所左右，被这些恶魔挟持，做出一些让我们痛悔不已的事情来。谎言便是从那里滋生出来的蛆虫。我们的心其实并不坚强，相反却是极其脆弱的，需要我们的呵护和爱抚，就像那些花儿。

每个人的内心都是一座花园，需要你把欲念的杂草拔净，把爱的花粉传播，这样你的花园才能花团锦簇，生机盎然。这样，你才是一个合格的园丁。

需要谨记的是，在那花园里，千万不要尝试去栽种谎言的鸦片。

给自己写一封情书

女儿的班主任是个活泼开朗的年轻女教师，在每个月的月底，她都让学生们给自己写一封信，总结一次自己在本月的十条优点，并让孩子带回家，让家长看。当家长看到孩子的那些优点时，其内心是激动的，因为我们在日常生活中所看到的大多是孩子的缺点，而如今呢？“噢！我的孩子还有这些优点呢，虽然是自己写的，但却也是自己真实的内容，至少孩子想过这就是优点。”

一封信就成了热爱自己的宣言书。

强大的，追寻将来，无止境的将来；柔弱的，迷恋过去，一片叶，一阵风尘。我便是那柔弱的人，这大概就是我常常怀着无限乡愁的根源。

柔弱，却并不证明我不爱。相反，我从没有像今天这样爱着自己。爱自己定定的眸光，那眸光可以点燃一个温馨的早晨；爱自己俊朗的身姿，哦，大卫也不过如此；爱自己冥顽不化的倔强，向灵魂里的恺撒致敬；爱自己滴落的每一滴泪，美丽的湖泊就是这样诞生的；爱自己的每一道皱纹，那是通往幸福之乡必须要踏过的台阶……爱镜子中的自己，影子里的自己，悲哀中的自己，欢乐中的自己。顾影自怜？不，我从没有像今天这样快乐着。孤芳自赏？不，我没有上翘的、蔑视他人的嘴唇。

天阴沉沉的，像怨妇。却始终强忍着悲苦，不落眼泪。这不免让人觉得无趣。这怨妇，还不如痛痛快快哭一场，然后拾掇好自己的心情，对镜贴花黄，在腮边缀满红晕——那便是镶嵌在天边的艳丽的彩虹。

为了一件小事，我们想到许多，对于事情内涵的争执，花费了我们宝贵的青春。对着镜子，女人看到健美的肤色，正在一点点开始退化。男人看到茂密的胡子被一茬一茬地收割。人们端详自己，深爱自己，却又目睹自己的衰败过程，悲哀涌来，如无法阻挡的瀑布。

面对悲哀和苦痛，有些人选择“玉石俱焚”，有些人选择“曲线救国”。玉石俱焚，不免有些鲁莽。真正的智慧是“曲线救国”，既可避其锋芒，又可声东击西，以柔克刚，将种种苦难逐个击破。

这让人想到那个在“文革”中被下放割草的音乐家，整整七年，竟没有一点憔悴衰老的迹象。他的秘密竟是每天按照 4/4 拍割草。这大概是黑压压的苦难来临时“曲线救国”的典范。与此相反的是老舍先生的悲剧。

老舍先生《我的母亲》里有过这样一个细节叙述：在八国联军侵入北京的时候，有一次老舍在家里，八国联军进了小院四处搜查，刺刀捅到了一个箱子，八国联军走了之后，妈妈发现那里面压着老舍。如果当时箱子不是空的而是有东西，可能会把小孩压死。而如果不是翻箱子时老舍掉出来，还在箱子里，可能八国联军的刺刀就会把老舍捅死了。

对这样来之不易的生命，竟然“不加珍惜”，全然抛却了。老舍终是舍掉了自己，投湖自尽，与无涯的苦难“玉石俱焚”。那是特定的历史时期一个令人心酸的悲剧。是老舍软弱吗？不，他有一颗足够强大的心，鼓舞着别人。只是他太苛责自己，如果他能够爱自己多一点，就会再坚强一点，就会挨过那些苦难，挨到天明。

学会爱自己，这并不是自私，只有爱自己才能获得真正的幸福。

在飞机上，广播里也会说“氧气面罩脱落时，请先自己戴好，再帮助身边的人”。可见爱自己是多么的重要。爱自己，就是对自己宽容，为自己感动，为自己流泪，允许自己有做错的时候。我们也许都爱过一位老师，爱过一个婴儿，爱过一朵花、一首歌。其实，只要你把这种爱注入到自己的心灵，给自己带来温暖与力量，让生命的活力重新循环流动，你就能获得一定的解脱。学会与烦恼和苦难相处，人才会变得轻松快乐和坚强！

许多事，被牧放，被采摘，被收割，那是多么美丽的一幅画。我开始在这个回忆的早晨给自己写一封情书，我要好好地爱我自己。

因为我知道，连自己都不爱，怎么与别人相爱。

布鲁克林的星期六多么美好

刚来这座城市的时候，我在一个平民区里租了很简陋的一个房子。日子过得清苦，不过并没有因此让快乐跑掉。

院子简陋，我们就种上蔬菜，房前屋后栽上花草，引来蜜蜂蝴蝶无数，也算是贫寒中的一道盛景。

周末邀朋友来，妻子弄几个朴素的小菜，喝上几盅烧刀子，唠唠嗑，侃侃各自生活里的顺畅与不平，偌大尘世因这小小角落里的暖而不至于那么阴冷。

邀几个人凑在一棵树下，打几把扑克，不赌钱的，照样把扑克牌摔得啪啪响。

垃圾堆边的流浪狗很多，我的院子就成了它们的避难所。干脆，我捡了些砖头瓦块的，砌了个很大的狗窝，哪只狗愿意来住就随便好了。接下来的剧情是，我的院子里每天“硝烟四起”，几只狗为了争夺狗窝总要进行几番决斗才行。

每天早上，我的上班路上便多了一支浩浩荡荡的保镖队伍，邻居们笑我有“狗缘”，我说，岂止，“猫缘”也不错。

是的，猫也喜欢往我这个穷家里钻。猫和狗不同，猫要在屋子里待的，下雨天浑身精湿，腥气扑鼻，双脚沾着泥点子。这对爱干净的妻子来说，不是一件可以接受的事情，可是我又不能将它赶出去。只好给它洗了澡，然后学着老人们的腔调对妻子说，“来猫进狗，越过越有”。妻子没办法，皱着眉头点点头。那是多美好的俗语啊，简直就是为了全天下流浪的猫狗们设计的。

左边隔壁家男人有一把破旧的二胡，每天晚上都会拉上一会儿。后来我建议他把时间往后延一点儿，那样有利于我的孩子早早睡去。

右边的邻居是一对儿比我们还要贫穷的小夫妻。男人在一个工厂里做电焊工，女人在家带孩子，顺便干点类似于卷筷子之类的活计，赚点小钱贴补家用。

日子虽苦，却过得温馨。夫妻俩的眼里闪着一种光，我知道，那种光芒叫幸福。

像这对儿小夫妻这样恩爱的，在我们这里比比皆是。他们没有因为贫穷而放弃追求美好生活的权利，他们一样可以把生活调理得井井有条，过得津津有味。即便是吃土豆，也要鼓捣出好多种不一样的吃法来。

很久以前看过一本书叫《布鲁克林有棵树》，里面有一段描述：“啊，布鲁克林的星期六多么美好。啊，到处都是那么美好！人们星期六照样能领薪水。星期六是个周末假日，却又不要守星期天那些清规戒律。人们有钱出去买东西。他们这一天会好好吃上一顿饭，喝醉，约会，做爱，熬夜，唱歌，放音乐，打架，跳舞，因为次日会有自由自在的一天，可以睡个懒觉，至少可以睡到晚场的弥撒。”

这段描述让我对这些生活在社会底层的人们充满了敬意。那里有靠教授钢琴换取微薄收入和食物的老处女姐妹、有靠勾男人养家糊口的俗艳女人、有卖酱菜的怒气冲冲的犹太人、有开洗衣房的中国人……其实我更喜欢那棵树的象征，虽然被砍倒了，却又从伤疤上发了新芽成长起来，那么顽强，和主人公弗兰西一家处境相似，在杂乱的生活里慰藉着努力支撑生计、找乐子的人们。

布鲁克林，那是个充满了廉价食物、破房子、脏衣服、酸菜味的地方，也是一个充满想象、幽默、温情、歌谣的具有独一无二魅力的地方。

我的平民小区，充盈着浓厚的活着的味道，这里，就是属于我的布鲁克林。

相对于衣食无忧的富人区，布鲁克林的星期六显得多么珍贵，多么生动，多么美好！

生命的和弦

每个人都有自己最初的梦，你是否还记得？

我是说生命最初的梦想，而不是在学校里老师们用殷殷目光“绑架”了的梦想，比如科学家、文学家、人民教师等等。

生命的最初，你可能想过长大后做警察，因为不想看到自己的家人被欺负；可能想过做医生，因为看到了爷爷患病死去，你不想家里再有这样的事情发生；可能想过去做建筑工人，因为想盖一座最好的房子，给家人住；可能想过去做农夫，就为那种啥长啥的神奇；可能想过去当飞行员，只为可以伸手抓过一片云朵，尝一尝，到底有没有棉花糖的味道；可能想过去做水手，因为大海给过你无数幻想，因为听到郑智化在唱“风雨中，这点痛算什么，擦干泪，不要问为什么。”……

我有一同学，家境不太好，他曾经对我说他特想开一小杂货店，什么吃的都有，想吃什么就随便拿，他说这话的时候很开心，眼神亮亮的，连带着整张脸都生动起来。后来他爸爸做水产发了些财，家境渐渐好了起来，现在的他在上海读研，前途一片光明。不知道他还记不记得小时候的那个梦想了，也许想起的时候心中难免会掠过一丝苦涩吧。有谁知道未来的事呢？如果他中途辍学，也许就真的会开个小店，生活平常得像一杯白开水，可是峰回路转，他现在开始从事生物科学方面的研究，这与最初的梦想可谓有着天壤之别。

有多少人，能一直怀揣着自己的梦想呢？

一个女性朋友，最初梦想着成为一个文艺女青年，常常带着一副悲天悯人的情怀看着这个社会，露珠一般的心，不染半点纤尘。为人处世，也像白纸一样单纯。结果可想而知，生活中碰了很多壁。如今，她在键盘上噼里啪啦敲着的不是那些优美的文字，而是一段一段哗众取宠的广告。如今，那副柔软的心也似乎结了痂，再拧不出一滴悲悯的露水来。

前几日见她，发现她又重新提起了笔，看起了书，她说，不是为了成为文艺，而是为了自己在奔向枯萎的年华里多一点文雅的风气，只是为了遇见文艺而已。想回到那个听着音乐，键盘敲打的时光，键盘敲打的是内心花开的声音。周遭是一片白，一片属于最初的雪地。

我们都应该懂得去善待最初的梦，那就像是在熟睡中刚刚醒来的蚕宝宝，破茧而出，张望着这个陌生的世界，在内心写下自己的梦想——我要飞起来！谁敢相信，这么臃肿的蛹，竟然就真的长出了翅膀，飞向了广阔天地。

我的一个朋友在搬家的时候，在仓库里找出了一把旧吉他。勾起了他很多回忆。“曾经，我是那么想当一个吉他手，”他说这把旧吉他还是年轻的时候，哥哥用第一个月工资买给他的，他珍惜得不得了。可是，直到很多年过去，他都只会单弦弹奏，一直都没有学会和弦。

看到我喜欢，他要把它送给我。

“你为什么不试着学会和弦呢？”

“我哪里有那么空闲的时间啊？”

“现在，只要你想，总会挤出时间来的。哪怕是为了当初那个当一个吉他手的梦想。”

他听了我的劝，把吉他留下了。

过了半个月，朋友领我去了他的新家。他用这把旧吉他为我演奏了一首动听的歌，而且是用和弦演奏的。

我想，我也应该学他这样，来试试，把最初的心调成优美的和弦。

“你终于学会了！”

“是啊，只要用心，几天就可以的。可惜大半辈子过来了，今天才懂得这个道理。”

“不晚啊，哪怕生命的最后一天，学会了和弦，也是不晚的。”

睡在风里的蒲公英

是的，就这样离开。小提琴上的火焰和大提琴上的海水仍在那里交相辉映，我却独自逃开了。我宁愿去一个空白处，去一个一贫如洗的地方。只要带上一捧土壤和几粒花籽，我就可以在那里点燃一个春天。

那些褪去的光芒又重新罩在我的身上，身上的河流停止了流淌。我眼睁睁地看着一首流行歌曲的熄灭。唯美主义的月亮被世人挂到空中，完成了一次命里注定的悲剧。事实就是如此，既然没有能力阻止月亮的圆缺，就甘心情愿接受这个夜吧。既然无法把青春的苹果再送回自己的掌心，那就任它去滋润别人的青春吧。尽管压在心底的心事阴了很久很久，已蓄满了洗刷尘世的泪水，可我还是忍着，忍着，怕惊扰鸽子一般的我的女儿。孩子都害怕大人的眼泪，他们认定那是灾难。偏偏这时女儿醒来，与我对视。她说她在我的眼睛里看到了什么东西在滚动，我告诉她，是因为有爱，世人的眼里才攒满了珍珠。

无法斩断的忧伤曾经丝绸一样裹在我的身上，我翻遍身上的全部口袋，仍找不到火柴，我倾倒灵魂里的所有杯子，仍倒不出一滴酒来。外面的雨，是命运不经意间流露出的真情吗？在这个黑黑的夜，我要积攒足够多的梦想的萤虫，造出一个信念的灯笼，照亮灵魂里的漆黑之处和未知之旅。

春光烂漫的时候，依然没有人停下。一簇簇活生生的火焰就在尘世里舞蹈，可是苍白的一群魂灵不知向它靠拢。莫非这个世界真的病了，病得连活蹦乱跳的孩子都足不出户。一道道墙，一扇扇厚重的门，隔绝着人心之间静静流淌的河。

我不断地舍弃，是因为我不想让追梦的翅膀过于沉重；我不停地流浪，是因为每一寸土地都沾惹着我的泪水。我就像那随着风飘的蒲公英花籽，用数不清的梦想爱着一片片土地。

我一次次地滑进沼泽，阳光被搓成一根绳子，可以救我到快乐的岸边。我抖了抖阳光里的尘埃，便重新回到阳光中来了。生命依然那样美好，永远是一尘不染的早晨，永远是佳人有约的黄昏。

太阳是父亲，地球是母亲。父亲每天都尽量把最新鲜的血液输给我们，我们不懂感激，还制造了一大堆臭氧层让他忧心忡忡，我们是一群不省心的孩子，不知道母亲的身体里还有多少可供点燃的灯油，我们一点点在耗尽，任意挥霍着一种恩情。

我不断地离开，只想让自己不断地开始。一个人不能只在回忆里生存，那样的心灵会生满青苔。

我不停地飘，累了就睡在风里。我不停地走，用一个伤口抚平另一个伤口。疼痛中我走错了很多路，然后重新走，不停地走，忧伤像遍地丛生的杂草，直到今天也没有割完。

我听见一个声音说，随风去吧，风会把你带到阳光的中心。我便真的感觉到风了，并看见风中无数的蒲公英的花籽，它们在风中快乐地飘着，世界的每一处都是它们的家。我随着风跑，跑过一片草原，又跑过一片丛林，淌过一条河流，又爬过一座山岗，不停歇的风，牵动我不停歇的脚步，从日出到日落，从日落到日出。

一个最后的消息说，雪要落了。那么，就任它落吧。我已经在它落下之前微笑着躺下了，像那睡在风中的蒲公英，紧紧贴着会呼吸的土地，渐渐地，把自己忘却。

童年的药箱

子轩有一个小小的药箱，那是他从童年带过来的。那里面藏着一个除了他自己，没有人知道的秘密。

9岁的一天，他用一把小锤子敲了几下自己的手心，有点疼。他觉得很刺激很好玩，又多打了几下，大人们并没有斥责他，却也没有人过来疼惜他，都只是摸摸他的头，报之一笑：这孩子，多调皮。他心里忽然有点不愉快了，如果母亲在，一定会奔跑过来，把他的小手握在她温暖的手里，递到她的唇边，不停地呵着气。而自己却得意地笑着，因为一点都不疼，反倒被母亲弄得有点痒痒了。

他突发奇想，他想如果砸的是手背呢？劲再使得大一点，会不会很疼？会不会流出很多的血？那样就可以得到大人们的关爱了吧，也就可以不去上学，在家里可劲地玩积木盖房子了。

他为自己的想法激动不已，他在等待着某一天来实施他的计划。

他提前给自己做好了准备，给自己预备了一个小药箱，里面有止痛药和纱布，他想万一血流多了，人就会死掉的。所以自己要在流血的时候给自己包扎好，这可不是闹着玩的。

子轩的母亲在他6岁的时候因为一场大病撒手人寰，现在这个照顾他生活起居的女人是他的父亲给他找的继母。他的心思很重，仿佛把自己与世界隔绝开了。妈妈走了，他想再没有人来爱他了。

他从来没有叫过那个女人一声妈，而那个女人似乎也不在乎这些，每天只管埋头在厨房研究她的菜谱，她做的菜倒是蛮好吃的，而且一周保证每一天的菜式都不一样。她没有工作，就这样把自己喂得很肥，在他眼里，她不过是自己嘴馋而已，一个典型的好吃懒做的女人。

可就是这个女人唯一值得称道的厨艺，近来也是大打折扣，不再像以前那么好吃了。

有一天，他无意间听到父亲在厨房里对着她抱怨："最近的菜好像不大合口呢？"她压低了声音说，"孩子正是长身体的时候，我得尽量为孩子搭配一点有营养的东西。"

他的心，在那一刻忽然就变得柔软起来，这个在他眼里好吃懒做的胖女人，原来一直是在关心自己的啊。尽管母亲不在了，但自己不是一样健健康康地活着吗？继母给自己织的毛衣、手套，每天准时准点的早餐晚餐，井然有序的生活本身，就是对每个家庭成员的一种爱护。

她总有看天气预报的习惯，如果预报了哪天有雨，哪怕那个早上是晴朗的，他的书包里也肯定会装着一把雨伞。北方是节气最明显的地方，冬天的大寒和小寒冷得都不一样。那个女人每个冬天都会给他做两条棉裤，一条薄一些，一条厚一些。每天放学，她都会把他鞋子里的鞋垫掏出来扔到炕头上，把他的鞋子拿到炉子边上烘烤；每天早上，帽子、围脖和手套，在她的监督下，没有一次忘记戴的，那些冷冽的天，他从来没有挨过冻。

人生就像滑梯一样，那些快乐的尖叫仿佛还没有完全散去，子轩就从童年滑了下来，并快步走上了另一座滑梯：少年。少年是喜欢看云的，每一片云都那么洁白，每一片云都像极了妈妈的脸。若干年后，他从这座滑梯上滑落下来，尽管有些不情愿，但还是被赶上了青年的滑梯。他的那个冒险的计划一直没有来得及实施。他的生命完好无损，每一次滑落都没有受到一点点伤害，他忽然快乐地想，自己有什么理由不快乐呢？那温柔地呵护着他的继母的手，已牢牢地将他围在温暖的篱笆里，让他安然度过了他的每一天。

他就那样健康地走过来了，他永远用不到那个给自己准备的药箱。因为妈妈一直都没有逝去，只是换了一张面孔而已。

不要那么早吵醒太阳

爸爸，明天我一定会比太阳起得早，相信我!

女儿临睡前，一再向我保证。满脸的兴奋，扯动着心里的一份激动，仿佛明天早上将要发生一件惊天动地的事情似的。

她想比太阳起得早，是因为她的心底藏着一个小小的“阴谋”。

在外地工作的妻子刚刚跟我透露了女儿的这个小小的“阴谋”：她只是想在父亲节的早上，为你做一次早餐。

女儿只有八岁，却是少有的乖巧懂事。和她妈妈煲“电话粥”的时候听她妈妈说起明天是父亲节，她妈妈问她准备送给爸爸什么礼物。她想了老半天，才想到了这个“惊天动地的壮举”。

我看到她背对着我，偷偷地给闹钟定了时，然后如释重负一般对我说，爸爸晚安。

晚安。我为她盖好被子，然后坐到电脑桌旁，继续构思我的小说。

小说的情节进展得很顺利，不知不觉天已经有些蒙蒙发亮。我想我必须要睡下了，我要让女儿的“阴谋”得逞。

我把面包和煮好的鸡蛋放到了案板上，把暖瓶里装满开水，奶粉和糖也放到了她伸手就能够到的地方，我想尽量让她的早餐做得容易些。然后，我小心翼翼地躺到她身边，故意轻轻地碰触她，温柔地碰醒她，眯着眼睛佯装睡着，脸上满是幸福的微笑。就听见她在那里打着哈欠，轻轻地自言自语，差点睡过头啦。然后看见她的第一个动作就是拿起闹钟，将它关闭。

她蹑手蹑脚地在厨房里忙活着，尽量不弄出声响。我知道，她做的这一切，都只是想让我多睡会儿。我看过她最近写的几篇日记，几乎每篇都写到了我。她写道，“爸爸又熬夜写小说了。每次天蒙蒙亮的时候，他才会躺下休息，他的睡眠只有可怜的3个小时。然后就要接着为我做早餐，送我上学。爸爸真辛苦。”她写道，“妈妈在外地上班，都是爸爸一个人照顾我，看来我得多学点本事了，不能老让爸爸操心。”她写道，“爸爸，你都瘦了。我还是喜欢胖乎乎的你，喜欢叫你大肚子蝈蝈爸爸。”

我还喜欢她作文里的那个开头：我的爸爸肚子很大，我嘲笑他，他却说他装了家国天下；我的爸爸腰很粗，我嘲笑他，他却说他腹有诗书气自华。爸爸，你的家国天下，就是妈妈和我。因为你总是叫我们，大宝和小宝。

我便想起我们一家人在一起的时候，我每次唤宝贝，妻子和女儿都争抢着应，她们都在争我的宠爱。为了区分开来，我管她们叫大宝和小宝。大宝小宝，我上班啦。大宝小宝，我回来啦。这是我每天都在使用的，爱的语言。这是我每天都在温习的，爱的功课。

记得有一次，女儿突然像个小大人似的，一本正经地问我，如果有一天我们都从这个世界上消失了，会变成什么呢？我说我会变成一朵云，她便嚷嚷着说她也会变成一朵云，给我做伴；我说我会变成一棵草，她就说她要变成一滴露水，给我洗脸；我说我要变成一棵树，她就说她要变成树上的鸟，给我挠痒痒……我们拉钩，说拉钩上吊，一百年不许变。

女儿在厨房里忙活了很长时间，等她把早餐弄好，太阳已经大摇大摆地登堂入室了。她这才对着我大喊：爸爸，该起床啦。并且不无炫耀地嚷嚷着，今天我比太阳起得早吧。其实每一天太阳出来的时候，我都会早早醒来，没有人比我更早地见到太阳。但今天我必须躺下，今天，我不要做那个第一个见到太阳的人。

是啊，比太阳起得早，我伸着懒腰，应和着她。可是，你应该早点叫醒我。我故意“埋怨”她。她说，我不想那么早吵醒太阳，我想让爸爸多睡会儿。在女儿眼里，我是她的太阳。在我眼里，女儿是我的太阳。我们互相照耀，彼此温暖。

爸爸，今天我学会做饭了，明天就能学会洗衣服，妈妈不在身边，我也能照顾你。那是女儿给我的，最好的父亲节礼物！

我推开窗子，看到的是多么清新，多么美好的早晨啊！窗外的树叶上，露珠还在酣睡，一时半会儿还没有醒来的意思。一切都是那么安谧、幸福。包括窗沿上慢慢爬着的小虫，仿佛都是那么有节奏感地在扭动腰身，我似乎听到了它们在轻轻地哼着某些欢快的曲调。

这么小的屋子，这么小的窗口，却是我浩瀚如海洋的世界。

第六辑

爱我的人请乘火车来

向一支笔表达善意，只需你写出规规矩矩的字；向一面镜子表达善意，只需你做一个正大光明的人。

一个夜晚的赌注

很久没有人这样信任他了，把他当做一个真正的人来看待。那一晚，他辗转反侧，难以入睡。

5 年前，他因为抢劫未遂锒铛入狱。现在刑满释放，从监狱里出来已经好几个月了，还是没有找到工作。有一天，在一个建筑工地上，他无意间看到了他的中学同学蚊子，上学的时候大家都这样叫。蚊子是工地上的一个小包工头，还算有些权力，就安排他当了一个力工，吃住都在工地上。“先干着吧，等以后有了好去处再说。”蚊子说。他和蚊子其实不算怎么熟络，上学的时候都没怎么说过话，蚊子在同学聚会的时候，还听说过他犯了事，但蚊子没说别的，就让他留下了。不管怎么样，暂时总算有了一个落脚的地方。他心里很感激蚊子。想有一天开了工钱一定请蚊子去饭馆里好好吃一顿。

那天，蚊子拿了 5000 块钱回来，说是管老板要了半年才要回来的。天太晚，已经没有客车了，蚊子说不回去了，要在他的棚子里将就一宿。蚊子还弄了花生米、香肠和几瓶啤酒，两个人聊起上学时候的事情，蚊子有些不胜酒力，喝了 2 瓶就有些摇摇晃晃了。他的心里就有了坏念头，那些藏在心底的“恶”又蠢蠢欲动起来。在监狱里改造了5年，他以为那些“恶”已经被连根拔除了，没想到它们还在，偷偷地生长着，使他的灵魂跟着扭曲变形。

他不时地盯着蚊子的包，他现在太需要钱了，他想如果现在下手，蚊子没有防备，会很容易得手的。他又给蚊子起了一瓶酒，他想让他醉得彻底些，那样他的成功率会更高。蚊子又喝了一大口，然后就嚷嚷着要睡觉。让他没有想到的是，蚊子睡觉前竟然把他的包塞到了他的怀里，对他说，“我喝多了，你替我拿着吧，我对我自己不放心。”然后脸冲里，呼呼就睡着了。

天赐良机！他这样想道。握着那装着5000块钱的鼓鼓囊囊的包，他的内心慌乱不已，犹如惊涛拍岸。那5000块钱对他来说，诱惑是巨大的。况且天已经黑了，他转眼之间就可以逃之夭夭。

他试着起身开门，蚊子没有反应，依然鼾声如雷，睡得香甜。

他很快融入到了夜色里，却忽然停住了脚步。心底的“恶”有些退缩了。他想到，这几个月里，他受尽人们的白眼，没有一个人信任他。所有的人都因为他是一个劳改犯而拒绝他、排斥他，只有蚊子帮了他一把，而且如此信任他，对他毫无防范之心。如果自己真的拿走了这5000块钱，就是给唯一信任自己的人当头泼了一身冷水，让人多寒心。做人不能这样，他这样想着，就折回身，重新回到棚子里，又躺到了蚊子身边。蚊子的鼾声依旧排山倒海，气势非凡。

不过，这真是一个千载难逢的好机会。躺在那里，他的“恶”并不死心，依然怂恿着他。那一夜，他被这5000块钱折磨得疲惫不堪，感觉心底像压了一块大石头一样。

他终究没有拿走那5000块钱，早上他把包递给蚊子的时候，感觉到心底莫大的轻松。因为一夜没有合眼，他的眼睛红红的，蚊子问他怎么了，他撒谎说怕钱丢了，一夜没合眼地看着它。蚊子忙说对不起对不起啊，害你遭罪了。

时光一晃而过。10年之后，他白手起家，从一无所有的劳改犯到身价过亿的富商，他的经历可谓传奇。作为很有名望的民营企业家，他的事迹常常是当地报纸的头条，人们茶余饭后不厌的谈资。他的商品从不掺假，他被人称道的品质就是诚信。与人谈起自己成功的经历时，他总是毫不避讳自己曾经阴暗的心路历程，包括那一个让他辗转反侧的夜晚。他说，那个夜晚，真正改变了他的命运。从那个夜晚之后，他就决定了要靠自己的能力奋斗下去。因为一个人的信任让他觉得自己还是一个有用的人，他不能辜负一个人的信任。他感激那个人，他会一辈子记住他的名字：朱德文。

“朱德文！”我捧着报纸对父亲喊道：“难道他要感谢的是你吗？”父亲微笑着对我点点头。“您可从来没有和我们提过这件事情啊？快说说，当时到底是怎么回事？”我忽然对父亲无比好奇起来。父亲说，“我根本没有他说的那么好，你知道我当时的真正想法吗？其实我并不信任他，毕竟他曾经是个抢过劫坐过牢的人，我只是在做一次冒险的赌注。因为在喝酒的时候我看到了他的眼神，那眼神中有一种贪婪，我就知道他在打这些钱的主意。我的钱和生命都处于危险之中。我就决定赌一次。我把钱给他，如果他拿走了，我也认了，毕竟自己还留了一条命。如果他不拿走，那就万事大吉。那一夜，我故意装作睡得很死，其实他的每一个细微的动作我都知道。”

“事实证明，我赢了。”父亲说，继而纠正道：“不，应该说那一晚没有输家，我们两个都赢了。”

是的，那一晚的赌注两个人都赢了。一个人赢回了钱和生命，一个人赢回了那些剩余的精彩的时光。

画在手腕上的表

小时候画在手上的表没有动，却带走了我们最好的时光。

——题记

小时候，由于个头过于矮小，那份自卑让我的性格变得孤僻内向，一个朋友都没有。父母担心我长此以往，会得忧郁症，所以变着法儿地想让我走出家门，和邻居家的孩子们去玩耍。

有一天，父亲故意把我带到门外，然后偷偷地把家门锁上，借故有事先离开了，让我自己先玩一会儿。那些孩子们过来招呼我和他们一起玩儿，我却觉得他们浑身脏兮兮的，没搭理他们，他们把我当成了怪物，对着我指指点点，说一些难听的话。

我气急了，捡起地上的石块儿向他们扔将过去，砸到了其中一个小孩的头上，鲜血直流。

受伤孩子的家长找上门来，与父亲理论。父亲自知理亏，小心地陪着不是，说着软话，并赔偿了不少医药费。

我懦懦地蹲在墙角，等着父亲的责骂。可是父亲并没有责怪我，只是，我听到了他很沉重的叹息。那两声叹息，就像两根毛线，缠到一起，纠结出一个无法解开的疙瘩。

我是一个问题孩子。我也想打开自己的心，可是我做不到。我害怕这个世界，害怕大狼狗，害怕闪电，害怕陌生人的眼睛，甚至害怕，自己的影子。还是家里安全可靠，我宁愿锁上房门，让自己独处。

老师来家访，对父亲说起我，“哪都好，就是太孤僻，太不爱说话了，几乎从来不与别的孩子交流。”

老师没有“灵丹妙药”，父母亦无计可施，叹息的声音越来越沉重。而我并不想成为他们的负担，所以很用功地学习，成绩在班级里一直都是名列前茅的，这多少让父母得到一些安慰。

生日的时候，父亲破例给我买了一个礼物——足球。对于我们这个穷困家庭，这真的是一个很奢侈的礼物。我却表现得不那么惊喜，因为足球要好几个人踢才好，而我只有和我自己的影子踢，现在，我已经不再怕我的影子了，它是我唯一的好伙伴。

父亲的良苦用心我倒是懂得，只是我很难走出拥抱世界的第一步。父亲开导我说：“个子矮怕什么，别说你还会长身体，就算不长了，就这么高了，也不代表你就比别人差。潘长江还矮呢，可人家没有看不起自己，还说自己是浓缩的精品，成为红遍大江南北的笑星呢。”

父亲拿出一支圆珠笔，轻轻地在我的手腕上画了一块表。然后对我说：“你看啊，这画在手腕上的手表，虽然不动，却不耽误时间在走啊。”

我没听懂父亲话语的意思，父亲摸摸我的头，接着说：“傻孩子，你就是这块画在手腕上的手表，你停留在自己的时间和世界里，不知道外面是何种天气，什么样的景致，我希望有一天，送你一块真正的手表，那样就能和世界同步了。别忘了，这个世界不光只有你自己。你要融进这个世界，才能知道这个世界是多么美好。”

我知道，父亲送我足球，给我画手表，都是想让我走出自己的狭小世界。我想，既然可以不再怕自己的影子，那么也可以不再怕那些活生生的人啊。仿佛被点破了一层窗户纸一样，我开始试着与别人交流。从向同桌借一块橡皮开始，到帮助别的同学讲一道习题，我发现，当我主动与他们交往，他们不但没有排斥我，反而给了我极大的热情，就像那红彤彤的阳光，泼了我满满的一身。我那黑暗的角落，终于金光闪闪。同学们不再把我当孤僻的“怪物”，我回到了阳光里。

终于懂得，不管疼痛还是快乐，都不该一个人。要学会承担和分享，有人与你承担疼痛，疼痛就减轻了一半，有人与你分享快乐，那快乐就成了海洋。

我拿出我的足球，和伙伴们一起奔跑在草地上，那一刻，我感觉到了快乐的风，在我耳边呼啸而过。原来，世界是可以用这样的方式来绽放的啊!

又一个生日的时候，家里的经济条件依然是捉襟见肘。父亲依然没有给我买来一块手表。我学着他的样子，在自己的手腕上画了一块手表。父亲看到了，摸摸我的头说：“知道你喜欢，等爸有了闲钱就给你买一块真的。这个假手表，不会动啊。”

“不，爸爸。它在走动，不信你听。”我把手腕送到父亲耳边，“嗯，是在走动。”父亲应和着我。

我们绝非掩耳盗铃，我们真的听到了它在走动，走得不疾不徐，不卑不亢。那是我的脉搏，永远与世界同步。

灯　笼

父亲做灯笼的手艺远近闻名，但父亲从不以此为业，靠它来赚钱。许多人为父亲遗憾，嫌他浪费了这一身手艺。父亲却总是憨厚地笑着说：当玩了，闲着也是闲着。

逢年过节，很多人家都来求父亲做灯笼。自然不会白求，家境殷实些的，会给些闲钱。所以童年里，我们过年总会吃到很多好吃的，也有新衣服穿，放的鞭炮也多，和别人家的孩子比，我们要算是幸福的了。家境贫寒的穷人，会拿些粮食来求灯笼，他们宁可从嘴里省出来几升粮食，也要做个大红灯笼，图个喜气。他们心中，有一个思想根深蒂固，他们把灯笼当成一种寄托，当成了好日子的火种。父亲一视同仁，不会因为穷人还是富人，一律应允，害得自己整个腊月都闲不下来，忙得昏天黑地。但望着一家家大红灯笼高高挂，父亲就会一边抽着烟袋，一边很满足地笑，把眼睛眯成了一条连小咬儿都钻不进去的缝。

父亲的灯笼完全是用竹子制成，而且用以编织的竹篾十分精细。这种呈椭圆形的灯笼被称为长命灯，也叫火葫芦或火蛋灯。灯笼通体由竹子制成，故有富贵驱邪之说。竹子四季常青，在民间寓意长命富贵。依我们这里的民俗，逢年节点亮竹制灯笼不仅增加年气，还可保一辈子不受穷。另有虔诚的人说，如果哪家媳妇婚后没有身孕，娘家妈便会在除夕夜偷偷将灯笼点亮悬挂在女儿寝房外。按照此法尝试，来年肯定能抱上孙子。还有的人说，点上灯笼，可以使家里人都健健康康的，没病没灾。各种各样的说法，不一而足，但中心只有一个，都是些善良而美好的愿望。

点灯笼还有讲究，正月过完，一般要将灯笼燃尽。迷信的老人说把灯笼留到来年会对子孙不利，不过父亲不舍得将它烧掉，正月后，将灯笼芯掏空，再用布将两端缝合，就给了我当蝈蝈笼子。

做灯笼是个细致活儿，需经过片竹、削竹、编织、定型、上纸、写字、上油等繁琐的过程，每个过程都需要严谨的操作，只有在灯笼腰身糊裱上一圈红色皱纹纸的时候，灯笼才有了灵魂，细密的纹路衬上红色，一份喜气便骤然附到灯笼身上，挥之不去。

父亲认真对待每一个灯笼，从不糊弄别人，一丝不苟地编制着手中的灯笼，他虔诚地认为，每个灯笼都是有灵魂的，只有认认真真地编制，每尺每寸都一丝不苟地完成，让每根竹条都规规矩矩，恰到好处地排好队、站好岗，灵魂才能在灯笼的身体里待得安稳。那些灯笼做好后，父亲的手上便落满疮疤，那都是让锋利的竹条划伤的。

邻居拴柱来求灯笼，拿来了半袋米。他挠着头，不好意思地对父亲说，因为领阿爸去治病，过年才回来，没赶上定做灯笼。只想来碰碰运气，看父亲有没有多做出一个来。我们知道，拴柱家境贫寒，而且家里的老人病了很久，花了很多钱医治，吃了很多的药也不见效。

“我只想把灯笼高高地挂起来，没准那样阿爸的病很快就会好了。”拴柱充满期待地说，仿佛这灯笼真的成了救命良方。

父亲刚开始犹豫了一下，但听到拴柱这样说，便斩钉截铁地说道：“有，正好多一个。”父亲从里屋拿出了一个又红又大的灯笼递给拴柱，“把这个拿回家挂上吧，希望它能灵验，让你阿爸的病早日好起来。”

拴柱一个劲地道谢。父亲还撵出家门，硬是把那半袋米原封不动地塞给了拴柱。父亲心软，看不得别人的苦。“你们家条件不好，这个就拿回去吧，这可是你们过年要吃的白米饭啊。那个灯笼算我送给你们的。”

拴柱被父亲感动着，堂堂一个五尺汉子，在父亲面前直抹眼泪。

那是所有灯笼中做得最好的灯笼，那是我们留着自己挂的灯笼。可是父亲却白白将它送人了。我在心里和父亲赌气，嫌他把自己家的灯笼送给了别人。父亲却说，如果拴柱那个虔诚的愿望可以成真，那么我选这个最好的给他，自然就会更灵验一些。

那一年，我们家虽然没有挂起灯笼，但左邻右舍高高挂起的灯笼，那些被赋予了灵魂的灯笼，仿佛格外惦记着制造它们的人，争着要把光亮照过来似的，把我家的院子照得透亮。人们不约而同地仰起了头，看着那光闪闪的被赋予了生命的喜气的家伙，用对生活最大的热爱将一年的快乐都渲染在灯笼上，仿佛看到了光灿灿的丰收的年景，看到了衣食无忧的将来，看到了一个个即将成真的美好愿望……父亲微微有些喝醉，看着那些在风中飘荡的红红的灯笼，不无骄傲地说，总算没有瞎了这身手艺。

现在我才懂得，父亲在编制那些灯笼的时候，把自己也做成了一盏灯笼，用善良做芯儿，用爱心当罩，这盏灯笼高挂在我的心里，一生都不会熄灭。

向世界表达善意

向一朵花表达善意，只需你闭上眼睛，像蜜蜂和蝴蝶，对着它嗅来嗅去；向一只鸟表达善意，只需你在冬天的雪地上，轻轻扫出一块空地，洒几粒粮食。

向一匹马表达善意，只需你放下鞭子，任由它自由自在，在风中奔跑；向一只狗表达善意，只需你看出它的寒冷，为它垫上温暖的棉絮。

向春天表达善意，只需你写下一首诗，或感恩，或赞叹的一首诗，是你为春天献上的玫瑰；向秋天表达善意，只需你怀念一棵树，曾经枝繁叶茂，栖满鸟声的树，像你秋天里的某些亲人。

向黑夜表达善意，只需你放掉刚刚捉到的萤火虫；向黎明表达善意，只需你早早起床，去看看太阳的分娩。

向一本书表达善意，只需你洗净双手，轻轻翻动；向一幅画表达善意，只需你擦亮双眸，识别真伪。

向一朵云表达善意，只需你蓄满柔情；向一捧雪表达善意，只需你摊开掌心。

向眼睛表达善意，只需你学会凝视；向耳朵表达善意，只需你学会倾听。

向音乐表达善意，只需你不要喧哗吵闹；向诗歌表达善意，只需你不要冷嘲热讽。

向同一个车厢的人表达善意，只需你掐灭手中的香烟；向同一个病房的人表达善意，只需你忍住疼痛，掩盖你的呻吟。

向一个用生命演绎生命的演员表达善意，只需你的一滴眼泪；向一个跑龙套的小丑表达你的善意，只需你一个真诚的微笑。

向孩子表达善意，只需给他们一个可以踢球和放风筝的地方；向老人表达善意，只需你递过去一根拐杖。

向农民表达善意，只需你拣起掉落在桌子上的饭粒；向工人表达善意，只需你拾起那些遗落在路上的螺丝钉。

向老师表达善意，不需你送他礼物，只需你用心去计算、大声去朗读；向医生表达善意，不需你送他红包，只需你重新健康地、自由自在地呼吸。

向交警表达善意，只需你关心红绿灯和斑马线；向爱车表达善意，只需你不要超速和违章。

向月亮表达善意，只需你抬头仰望；向故乡表达善意，只需你低头思念。

向蓝天表达善意，只需你少投放一些浓烟；向大海表达善意，只需你少扔一块垃圾。

向一支笔表达善意，只需你写出规规矩矩的字；向一面镜子表达善意，只需你做一个正大光明的人。

向世界表达善意，不需你抛头颅洒热血，不需你忍严寒受酷暑；

向世界表达善意，只需你坚持到底，把爱心的火把一直传递下去。

一块煤的热量

那个冬天很冷，世界仿佛被冻僵了。

邻居是个租户，一个离婚男人，带着儿子一起过。男人没有文化，只能扛着个大板锹去蹲站点卖苦力。

男人没钱买煤，只好上后山去砍柴烧。下了大雪，很难找到干柴，他就扛了些很粗的树根回去。因为柴火湿，冒了一屋子烟。满屋子只有炕头一巴掌大的地方是热的，孩子就坐在那一巴掌大的地方，摆弄他自己最喜欢的玩具，那些大小不一样的积木，都是别人不要的，他一个个积攒下来，他用这些大小不一样的积木搭一个房子，他说要盖一个不用在屋子里戴帽子的很暖和的大房子。

母亲心软，总想找借口接济一下他们，可是男人却从来不肯接受我们家的施舍。转眼到了年根，家家户户都忙着置办年货，男人照例每天都空着手回来。别人家的孩子已经开始零星地放鞭炮了，他的孩子却只能眼巴巴地听着别人的快乐在空中炸响，眼巴巴地看着别人的幸福在夜空绽放。男人看出孩子的心思，买回来了一小串鞭炮，孩子蹦得老高。不舍得放，一个个拆下来，每天男人走的时候他放一个，他说给爸爸送行，男人回来再放一个，他说给爸爸接风。那些淘气的孩子就经常过来嘲笑他，说他的炮像放屁。要个没个，要响没响。就拿出他们的炮当着他的面放。这个时候，我的母亲就会跑出来把那帮孩子撵跑，心疼地搂着他，顺道往他的口袋里揣进去几颗糖果。孩子不舍得吃，说是要和爸爸一起吃。天气冷，母亲让孩子在我们家住下，孩子不肯，他说要回去给爸爸捂被窝，“爸爸一个人住，被窝里会很冷的。”

半夜的时候，父亲说，好像有人在偷我们家的煤。就提着手电要出去查看。母亲把父亲拽了回来，说，让他烧点吧，一定是三九天，冷得受不了，怪可怜的！

第二天，母亲果然看到煤堆上少了些煤块，但不是很明显，应该是很少的几块。男人经过的时候，就有了些很不自在的感觉，匆匆打了声招呼就从母亲身边溜了过去。母亲叹了口气，把煤堆仔细翻了一遍，把一些大大小小的煤块都放到了上面，她想这样更适合他来“偷”。

果然，一连几个夜里，男人都过来偷煤。本来我们一直是住东屋的，母亲偏偏让我们搬到西屋来住，为此，父亲专门搭了一个炉子，把西屋烧得很热。对于我们的不明白，母亲解释说，这样我们与隔壁的这面墙就会是暖山，多少也会让那边少些寒气。

大年三十那天，男人拎着几个鸡蛋和几条窄窄的刀鱼回来了。那是他所有的年货，他说要给孩子做点好吃的。

三十晚上，我们拿着大串的鞭炮要“接神”，母亲把隔壁的孩子喊了出来，和我们一起放鞭炮。我和姐姐还把自己的“魔术弹”交到他的手里，让他举着来放。孩子高兴极了。接完神，父亲对男人说，过来一起吃年夜饭吧，陪老哥喝点酒。拗不过父母的一再相劝，男人就和孩子过来了。不忘端着他做的那盘刀鱼。喝了些酒之后，男人就有些醉意，很不男人地流了眼泪，开始向我们忏悔他“偷煤”的行为。父亲说，冬天总是要烧些煤的，你那个屋子墙皮薄，只有煤的热量才能抵得住那些冷气。大人倒好说，总不能把孩子冻坏了。要烧煤就过来撮，这个冬天太冷，咱们一起挨，总会挨过去的。

一块煤到底有多高的热量，男人心里清清楚楚。它们不仅暖和了那一个冬天，还暖和了一颗僵硬的心。就像这刚刚喝下去的烈酒，在心底火烧火燎的，把整颗心都点着了。

睡在炊烟里的母亲

摸着黑回家的母亲，与黑暗融为一体，像一片不被人知的最单薄的影子，贴着地面，缓缓蠕动。

她把钥匙丢失，打不开自己的家门，就像人间的祈祷，打不开耶和华的门。

母亲老了，总是遗忘。晾晒的衣物忘了在下雨前收回，莫名其妙就弄伤了手脚，衣服上的扣子去向不明，做饭煳锅底的次数越来越多……有人说，这是老年痴呆症的前兆，的确，现在的母亲，有时候甚至分不清左手和右手。

唯一忘不掉的，是她自己的孩子。三个儿子，三颗骄傲的星星。三个女儿，三件贴心的棉袄。忘不掉孩子们的生日，大概她也知道自己的记性不佳，便在日历上找到那些日子，然后叠起来，用以提醒自己。

除了儿女，母亲的口袋空空如也。

如今，儿女们如鸟一样飞远，母亲的桌上只有一双孤独的筷子。母亲，被冷落在遥远的炊烟里，一转身又是一年。

看到炊烟，就看到母亲了。我总是这样想。并习惯了这样去看每个人家的炊烟：炊烟缓缓，那一定是孩子们都在母亲的怀里，母亲用她的安详笼罩着孩子们的美梦；炊烟凌乱，那一定是孩子们迟迟未归，母亲牵肠挂肚，急得在院子里打转。

那时，我就是个喜欢疯跑的孩子，也是喜欢哭泣的孩子，满脸鼻涕的孩子。可是，母亲依然会毫不犹豫地把我抱起，毫不犹豫地，深深地吻下去。

一丝风也没有的时候，炊烟笔直笔直的，那很像年轻时候的母亲，身材高挑，相貌出众，被村里无数后生的眼睛偷偷地打量过。

可是一阵风就会将那笔直的身段吹弯，就像现在佝偻着的母亲。原来，炊烟也是会老的啊。母亲，用褶皱，用后半夜的一盏油灯，用老花镜，用哆哆嗦嗦的手，用手上的针线……爱着我们，却极力不发出声来。哪怕一声轻咳，都埋在一块柔软的巾帕里。

驼背的母亲，离土地越来越近。我担心有一天，她的头会低得触到地面，那是母亲的句号。如果耳背的上帝还能听见我的祷告，我不祈求风调雨顺，不祈求鸿运当头，只求让母亲可以伸直了腰身，好好地抻个懒腰。

柴米油盐，是这一生和母亲最亲密的事物。厨房是母亲的舞台，围裙是她的道具，锅碗瓢盆是她的乐声。即便在艰苦的日子里，母亲也总是认认真真地做饭，从来不对付。都说巧妇难为无米之炊，可是母亲却不一样，没看见她用了多少食材，却总能变着花样地做出许多可口的饭菜来。母亲在厨房里噼啪作响，把贫苦颠得上下翻飞，把日子炒得香滋辣味。灶台底下的火焰，总是忍不住窜出来为母亲鼓掌。

而从灶台下欢快地跑向屋顶的炊烟，是缠绕在母亲手上的戒指，一生都未曾褪下。因为，在母亲的指缝间，我总能闻到葱花的味道，家的味道。

所以，我家的炊烟是有着葱花味儿的炊烟。我家的炊烟也是最好客的炊烟，总是微笑的。或是点头，或是招手，欢迎你，挽留你。

纯白纯白的鸽子，大概觉得自己过于清高，离人世有些远。所以总是喜欢从那炊烟里穿过去，让翅膀沾染些人间的烟火气息。

炊烟，就这样在我的目光里一茬一茬地熄灭，又一茬一茬地升起。

今夜，我想念母亲。可是我无法回到她的身边，唯有希望故乡的风能轻一点儿，别把我家的炊烟吹得东倒西斜。因为母亲在炊烟里睡着，她累了，让她多睡一会儿吧，借着炊烟的暖。

母亲，今夜我们梦中相见。

风是父亲的苦难

起风了。我与风并无恩怨，只是，它的每一次到来，都会吹落我心头的泪水。我的泪水为父亲而流，我一生的泪水中，父亲，是最大的一颗。

风，对着一棵树推来搡去，像推搡一个人的命运。那棵树像父亲，看着瘦削，却苍劲有力，我们是他的儿女，一根根枝条，健康地成长，向着不同的方向。

记忆中，父亲从来都是不惧怕风的，再大的风都没阻挡过他回家。

起风了，炊烟醉了酒一般东倒西歪。邻居家的菜肴香味飘进来，父亲咂咂嘴，似乎就着这香味就可以下饭了。别人家的好味道可以刮进来，别人家的好日子却刮不进来，别人家的好味道只会让父亲碗里的咸菜更咸。

风总是围着父亲打转。忙着在父亲的脸上雕刻沧桑，忙着在父亲的手掌堆积老茧，忙着在父亲的头发里掩埋霜花……父亲无法阻挡那风，我们也没有办法。那么肆无忌惮的风，就像刻意蹂躏父亲的命运，但是父亲始终挺立着，尽管背已微驼。

风像鞭子，抽打着父亲这个陀螺，一生都无法停止劳作。因为决策失误，我和哥哥一起经营的公司倒闭，还欠下很多债务。退休在家的父亲不得不重新披挂上阵，开了一个汽车修理铺，要赚钱替我们还债。我们这些不争气的儿女，不仅没能让父母过上衣食无忧的好日子，还给他们添了沉重的负担。那日回老家，看到父亲顶着花白的头发，在修补一个个轮胎，充斥风中的是父亲的汗味和满身的油渍味道，呛出了我们的泪水。

我们劝父亲不要干了，他挣的钱对于我们的债务来说，无异于杯水车薪。可是父亲执拗得很，他说，欠下的就要还，还一点算一点，你们后背上扛着大山，我没办法替你们搬掉，就替你们卸几块石头吧。

就为了替我们卸几块石头，父亲把本该安享的晚年抛给了风。

后来，我们的公司在朋友的资助下重新运营了起来，所有的债务都还清了。只是，欠父亲的那份债，怕是一生都无法偿还的。

一个叫杨康的大学生诗人写过一首关于父亲的诗《我不喜欢有风的日子》，我很是喜欢：

"……风吹散了父亲刚刚倒出来的水泥，风又把水泥吹到老板身上，吹到父亲眼里。这可恶的风，就这样白白吹走，父亲的半斤汗水……"

这诗句读来让人心酸。因为那诗中的父亲与我的父亲极为相似——为了一家老小，在风中挥汗如雨。

那是个当民工的父亲，在工地上辛苦劳作，吃不饱睡不好，恶劣的环境总是雪上添霜，就像顽皮的老鼠，在冬天的夜里啃碎了穷人唯一的棉衣。做儿子的，唯一的企盼，就是让风吹得轻一点，再轻一点，别让那水泥和白灰迷了父亲的眼；别让风吹凉了他碗里的白菜汤，因为馒头是冷硬的；别让风吹得脚手架晃动不停，因为父亲年龄大了，腿脚不再灵便，也经常会头晕；别让风把雨带来，那样工棚里就到处湿漉漉的，父亲的风湿病就会发作；别让风声大过了他口袋里那个破半导体的声响，因为他时刻关注着自己的儿子所在城市的消息，那里发生的每一次流感都会令他忐忑不安，那里发生的每一起事故都会令他胆战心惊……

这就是父亲，每日里挥洒的汗水不止半斤，我想我和杨康也有不一样的地方，我一方面不希望起风，另一个方面又想让风给父亲擦擦汗。

只是风啊，千万不要来得太急，请你慢点儿来，轻点儿吹，因为父亲越来越瘦弱，靠一柄拐杖活着，任何一场猛烈的风，都有可能让他趔趄，甚至摔倒。

父亲就像那柄拐杖，被我们握得越来越光滑，却令我们站得越来越稳。

父亲曾经不止一次对我们说，起风的时候，就想想家，回来看看吧。

一直不明白父亲为何如此说，现在我明白了，诗人杨康也明白了，他的诗句替我的心做了解答：

“我不喜欢有风的日子，风是父亲的苦难。我怕什么时候风一吹，就把我的父亲，从这个世界，吹到另一个世界。”

人生没有多余的疼

在键盘上敲字的时候，忽然想，如果人生也有一个删除键，我会删除些什么呢？快乐幸福的时光自然舍不得删去，那么删去的就只有那些疼了。

我想删去手指的疼。因为一分之差没有考上县城的重点高中，老师和家人都劝我复读一年，我却倔强地选择了离开学校。每天上午9点30分，是学校上课间操的时间，喇叭里传来熟悉的“广播体操”，一颗心便跟着疼了，再回不去本该属于自己的校园。于是更加发奋地自学，冬天，写字的手冻成了“馒头”，钻心的疼让我坐卧不宁，直到现在，每到下雨阴天，手指还会隐隐作痛，20多年以前的疼，就像一条甩不掉的蛇，紧紧尾随。

我想删去肩膀的疼。在家待业的时候，临时在一个工地做了半年力工，手掌磨出许多大大的血泡，却也不能停下来，因为瓦匠等着我“伺候”呢，炎炎烈日，汗流浃背，苦不堪言。之后，又去粮库扛麻袋。黑压压的麻袋落到肩膀上，整个人一下子就蹲到了地上，如此反复，直到后来才慢慢地直起腰来，真不知道那一天是如何熬过来的，那是天底下最漫长的一天，我盼着天快点黑下来，快点，可是太阳好像故意和我作对一般，越发地把它那邪恶的热泼到我身上。回家之后，掀开衣服，看到肩膀上整个掀开了一层皮，里面嫩嫩的肉呼之欲出！母亲一边给我擦着药膏，一边心疼得直掉眼泪。

我想删去脚掌的疼。刚结婚的时候，一贫如洗。租来的房子又小又破，冬天很冷，墙壁上到处是亮晶晶的霜花。买不起煤，就去后山打柴。有一天回来得晚，天已经黑了，妻子担心，拿着手电去山路上寻我。直至看到我拉着一车柴火，蹒跚归来时，终于忍不住哭出声来。我告诉她，不敢快走，鞋子马上就要掉了底儿，她找个绳子帮我把鞋子绑上。脚冻了，又红又肿，害得我现如今走起路来都不是那么笔直。

我想删去牙疼，我想删去头疼，我想删去失恋的疼，我想删去失去亲人的疼，我想删去各种各样的心疼，我想删去……太多太多的疼！

我不知道，为何我的人生有如此多的疼，我似乎是疼痛银行的行长。

但是现在，我感谢疼痛，每一次疼痛，都会带给你一次历练。就像一次一次的跌倒，让孩子学会了走路和奔跑，就像一次一次的摔伤，让鹰学会了飞翔。

喜欢养一些小动物，可是不得不面对的是它们过早的死亡，一次次让我心疼。可是后来，我渐渐领悟到，死亡是所有生命必走的最后一个环节，我也要有那样的时刻，不得不面对一双双急切盼望我起死回生的眼睛，可是终究要走，就像我无法留住亲人一样。所以我感谢那些曾经陪伴在我身边，又一个个夭亡的小猫小狗、小鸡小鸭，是它们的死，让我一次次地进行悲伤的演练，让一颗心慢慢结出一些坚强的痂来。那不是冷漠，是为了保护一颗心而结的茧。

总有一天，我的心，会破茧而出，不再迷惘于尘世的悲欢，超越生死。

人生在世，谁没有疼的经历呢！有痛感的人生，是有盐，有钙的人生。

疼是人生里最活跃的细胞，可以用它谱曲，用它填词，可以用它酿酒，用它泡茶。在岁月的喉结，轻轻将它吐出，可以换一曲妖娆的歌儿。

疼是推着人往前走的风，你若想甩脱它，便闻不到它吹送到你跟前的花香了。

人生没有多余的疼。赞叹珍珠的光芒时，别忘了，那是贝壳的眼泪，是用疼痛磨砺出来的璀璨。

爱我的人请乘火车来

画家巴普蒂斯说："爱我的人请乘火车来"，说完他就与世长辞了。于是有了电影《爱我的人请乘火车来》。

巴普蒂斯已经七十多岁了，学生们却极其爱戴这位年迈的老师。他最后的愿望就是在死后能安葬在莱基奇小镇。如果谁真的爱他，就请乘火车到小镇为他送行。

巴普蒂斯选择了莱基奇，美丽安静的莱基奇小镇，成了他最终的归宿。对于这个七十多岁的老人来说，莱基奇小镇上的水井、河流、村野、磨坊、邻居、商店，仿佛仍是一个个谜，一个个他无法猜透的谜。他仿佛看到了坡岗上那呀呀转动的风车，闻到麦子在阳光下的那种焦香，还有那灿烂的稻草、农具和牲畜散发的气味。怀念已久的炊烟裹住一颗摇摆不定的灵魂，开始了自由自在的、无压迫的呼吸。来自天籁的声音给这物欲横流的现代生活以人性的温馨，给浮躁的心以宁静的慰藉，博大的心怀里霎时间融化了世间的一切繁琐与悲凉，真真切切地感受到了人脚立在大地上的那种温暖。

晚年的卢梭在大自然母亲的怀抱中也找到了这样的安宁："我觉

得，在树林的绿荫下，我是个被遗忘的自由而恬静的人。就好像我再也没有仇敌了；仿佛森林的枝叶会为我挡住他们的中伤，仿佛枝叶会把他们从我的记忆里驱走。乔木、灌木和花草都是大地的饰物和衣裳。众多的植物就宛如播在天穹的繁星，星星点点地撒在了大地上。”

巴普蒂斯的莱基奇小镇，卢梭的乡村，都是他们心灵上的天堂，他们在一种适合自己灵魂飞翔的风里自由地呼吸。爱默生说，假如你想一个人静一静，那就去看天上的星星吧。多纯洁的梦想，我们到处寻觅幸福，却不知道，最简单的幸福就是拥有一颗恬淡、宁静的心灵。

如今我已置身事外，一切色彩皆已化入，

声音与气味，且如曲调般绝美地鸣响。

我何必需要书本呢？

风翻动枝叶，我知晓它们的话语，

并时而柔声复诵。而那将眼睛如花朵般摘下的死亡

将无法企及我的双眸。（里尔克《盲女》）

激情散尽，生命中似乎再没有了低潮与高潮，再没有了华丽的装饰与渲染，只剩下平静的诉说，只剩下瘦弱的一根藤条，蘸着最后的血，写下忏悔，写下追忆，写下祈愿，写下感激。

为生存的奔波让我们灵魂里的诗意丧失殆尽，正如过多的快餐食品让我们失去了味觉。巴普蒂斯将诗意带进了天堂，莱基奇小镇上的风终日将他吹拂，死亡逼近他的躯体，灵魂却重新诞生。画家用尽一生的色彩描绘的尘世，不及一个名不见经传的莱基奇小镇。莱基奇的村舍里每一盏灯都在说话，莱基奇的旷野上每棵树都有倾吐心事的欲望，巴普蒂斯咽下最后一口唾液，像吐出鲜花一样吐出了他临终的诗句——爱我的人请乘火车来！

留一寸荒芜

智者时刻都在劝诫，不要让心灵荒芜。心灵荒芜了，或是流沙蔓延，或是荒草丛生。眼睛也跟着心一块儿衰老了。人们畏惧着荒芜，犹如畏惧着死亡，殊不知，恰恰是心灵中的那一点荒芜，灯笼一般，时刻点醒着你，生活中的阴影，生命中的暗礁。

键盘上，磨损得最厉害的就是空白键和回车键。停顿和空白，这就是人生。

那空白，也可以理解为荒芜。

不妨在心底留一寸荒芜。任凭野草生生灭灭。任凭风，贴着地面打滚，或者在距离地面两米多高的地方撒欢儿。不要给那寸荒芜任何一点压力，不用它长出玉米的须，不用它长出高粱的穗。风把什么种子吹落这里，就让这里开什么样的花，结什么样的果。不要玫瑰，不要蔷薇，小小的，呆头呆脑的小野花就好；不要孔雀，不要斑马，有一只萤火虫就足够，虽然微弱，但生生不息。

我认识这样一个女人，用朋友的话说，她完美得像个瓷瓶。

不可否认她的美丽和优雅，只是从她脸上，却看不到快乐的神情。她是一个对自己要求太过苛刻的女人，她几乎所有的时间都用来装扮自己，从外表到内心，她不容许自己有一点瑕疵，一寸荒芜。赴一次约，哪怕是不那么重要的约会，她也会精心地把自己打扮得光艳照人。光化妆就会用去个把小时，常常把等她的朋友急得团团转。

不错，她留给人的印象，始终是光鲜无比的。可是，暗夜里，她独自的哭泣，又有谁能看到？

水至清则无鱼，过分的完美本身就是一种缺憾。

人们更多的只是欣赏她，却很少有人和她做朋友。她用她的光环，罩住了自己，也隔绝了别人。我不知道她到底在要什么，是那妖娆着但迟早会锈掉的肉体，还是一串开启心灵之门的钥匙。

被她精心侍弄过的心田，看上去那般美好，其实等同于为心灵披上了一层铠甲。那里的鸟语虽然动听，但缺少了一份活力，那里的花香固然芬芳，但缺少了一丝清新。

相反，我却极为喜欢另一个有些“粗糙”的女人。那是个浪漫的女人，有一身的坏毛病，却并不妨碍她依然向往着在一个温暖的手心里，翩翩起舞。

她总是大大咧咧地和你说话，直来直去地表白自己的爱憎，她偶尔也会化妆，但更多的时候是素面朝天，恰恰是她身上的那些小毛病，给了别人一种可以亲近的触点。

一个人的旅途也一样，不可能都是美妙的风景，也有黄沙满地，满目荒凉的时候。现世中也不可能总是一帆风顺，也会有烦恼，有悲痛，有奔波劳苦的际遇。但，废墟中挺立的城堡才更坚固，荒芜中亮起的美景才更养眼！

人生需要修剪，以保证生命的精致、华美，但在心的某个角落，还请高抬贵手，留下一寸荒芜。那么，你便留下了最原始的风，留下了最初的蛮夷和悸动，留下了麋鹿，和野兽的气息，留下了纯天然的味道。

就像那个完美如瓷瓶的女人，她妄想在她的世界里，全都种上花，栽上树，殊不知，留一个荒芜的角落，反而是给自己貌似坚强的心，留了一个柔软的出口。

那荒芜，是一片自由之地，哪怕仅有小小的一寸。

半个苹果的悔

很小的时候，苹果树在我们这里极其罕见，方圆十几里，好像就我奶奶家有一棵。或许是水土不适，在我的记忆里，苹果树上每年只挂着几个零零落落的果实，个儿不大，却很香甜，在那个贫穷的年代，这几个苹果成了高档品，因为我是爷爷奶奶的长孙，是全家十几口人的宝贝疙瘩，附近的小朋友总是羡慕我一年能吃上几个苹果。

10岁那年，苹果树许是老了，整棵树上只结了一个苹果，因为这是唯一的一个苹果，所以我老是抬头看它——打我发现它的那一天起。我看着它慢慢长大，从青涩到微红，然后这红色一点点加深。其间我总是担心它会被风吹掉下来，或者被虫子蛀了，或者被小鸟吃了，有个调皮的邻居小伙伴，比我大一岁，也许是嫉妒，也许是馋嘴，总不时拿石头去投那个苹果，于是我总跟他急，阻止他的暴行，并为此和他吵架。非常庆幸的是，那小可爱一直好好地挂在那里，好像它本就该只属于我。直到红透了，我让大人摘下来，握在手里，闻着、亲着，久久舍不得吃，那香味是如此的清新甜蜜。也许因为这是唯一的，也许因为期待的时间太久了，所以才让我如此喜悦，如此爱不释手，所以那香味一直漫溢。

“能给我半个苹果吗？”那顽皮的小子不知啥时候冲到我前面，对我说，“一小半就行啊，我想让爷爷尝尝苹果的味道。爷爷生病了，躺在床上，他一辈子没吃过那么好吃的苹果呢！”

这可是我等了一年的苹果啊，我多少光阴都耗在守护它上面了，现在有人竟要和我分享这个苹果，我怎么舍得呢？可是他的哀求又让我无法拒绝，毕竟那是一颗孝心呢。

好吧。我无比悲壮地做出了决定，把我的宝贝使劲地掰开，空气中瞬间弥漫着它的甜味。

我迟疑了一下，但还是把大的那一半给了他，他一边道谢一边接过来，刚转身走了没几步我就看见他迫不及待地偷偷咬了一口。

“你……”我顿时感到一种被欺骗的屈辱。

我看见他的脸红了，一边跑一边喊：“剩下的给爷爷吃，我就吃了一小口。”

他果然是骗了我，因为我看见他的爷爷正赶着牛车从我的门前经过，健硕的手臂使劲挥舞着鞭子，嘴里“驾驾”地吆喝着，声若洪钟。

从此，他见了我就浑身的不自在。他是一个自尊心极强的人，我们在一个小学上学，他比我高一届，学习成绩一直都是名列前茅的。自然，见面的时候很多，他就像老鼠躲猫一样地躲着我，我猜他大概是担心我把他骗苹果吃的事情抖搂出去吧。他不知道，其实我早就已经不介怀这件事了。

后来，不知道什么原因，他辍学了，我们没再见过面。直到30年后，我衣锦还乡，无意间见到了同样已是人到中年的他。他胡子拉碴，全身上下也都脏兮兮的，40多岁的人了，还没娶上媳妇，没有工作，在家养了几头猪，勉强维持生计。

问起当年为何辍学？他挠着头，有些不好意思地说，一来是因为家里条件困难，二来是因为他总怕我在同学中间把他骗苹果吃这件事传播开来，他会受不了的。

他说那时候每天脑子里就只有那半个苹果，他恼恨自己的嘴馋，更恨自己编的那个谎言，以至于学习成绩下降了许多，也就水到渠成地干脆退了学。

我很讶异，按理说他的学习成绩那么好，如果能够继续上学，一定会比我更有前途，可是就因为这个小得不能再小的事件，改变了他的一生。

那半个苹果就像他的人生，也跟着丢失了一半，美好的那一半。

那半个苹果的谎言，就像一条蛀虫，毁掉了他一生的苹果树！

穷人的茉莉花

朋友去印度，回来后感触颇深，他给我讲了一个穷人的故事：

他刚到印度的时候，在孟买的大街上，看到一个上了年纪的老人在兜售一些不值钱的小玩意儿。那是孟买穷人中的一种，其实和乞丐没有什么区别。他们大多是一些孤寡老人，生活上没有任何依靠。

朋友是个心地善良的人，毫不犹豫地从兜里掏出零钱给他。老人便示意朋友在他的那些小玩意儿里随便选些东西。那些东西没有朋友瞧上眼的，所以他没有选就走了。可是没想到那个老人竟然收起那堆小玩意，紧紧地跟在他身后。

刚开始朋友没想那么多，只以为他收摊了要回家。可当他走出去很远，看到老人仍旧跟着他时，他便有些厌烦了，心想那老人一定是觉得他是个善心人，想从他那里再讨些钱吧。

朋友转过身对老人比画着，告诉他自己身上没多少钱，别再跟着了。可老人好像完全没有理解他的意思，嘴里嘟囔着什么，仍旧执拗地跟着他。背上那个偌大的包袱压得他汗流浃背。

朋友恰巧在街上遇见了印度的同事，听说了朋友的遭遇，他便转过身，问那个老人为什么跟着朋友。

老人气喘吁吁地说：“孩子，你给了我钱，却没有要我的东西，我总得给你点什么呀？我看你是外国人，可能对我们这里不太熟悉，我只想跟着你，为你指指路，我能为你做的只有这些了……”

朋友的心灵受到了震动，他说不知为什么，那一刻他感觉那个老人很像自己的父亲，亲切而温暖。

朋友在印度待了将近半年，在这期间，他还经历了另外一些和穷人有关的事情。他说这些穷人都有一个共同点，那就是让人深深感受到他们的尊严。就连满街奔跑的小乞丐，都不会跪下来抱着你、纠缠你，或者说一些千篇一律的祝福的话，他们会拿着一束散发着清香的茉莉花来到你的面前——哦，那是泰戈尔曾经深情赞美过的茉莉花。他们的乞讨因这样的方式而让人心生感动。

印度还是一个正在发展中的贫穷的国度，这样一个贫穷国度的乞丐却仍坚守着他们的尊严。乞丐们不会因为你没有零钱给他而在心底咒骂你。他们从不抱怨上天给予他们的苦难，他们工作、学习，在闲暇时唱歌、喝酒，他们的心中，飘荡着茉莉花的清香。

印度人的生活，正如印度佛教“复兴之父”安贝卡所说：“即使你穷得只剩一件衣服，你也应该把它洗得干干净净，让自己穿起来有一种尊严。”

临终的葡萄酒

乐圣贝多芬临终前一边惋惜不能再喝好酒，一边对周围的人说："朋友们，鼓掌吧，喜剧结束了。"

同为作曲家，勃拉姆斯却只要是好酒就一律不拒，痛饮一口莱茵河葡萄酒，说句："果然名不虚传呀！"倒头便去了天堂。

这两个在音乐王国中君临天下般的人物，用一生不断地珍藏着美酒，这些美酒被密封在一个叫作苦难的罐子里。

他们的一生充满苦难与悲凉，但他们在临终前依然在用轻松的节拍和谐谑的乐趣一点一点地消解着生活的悲痛，为我们驱赶着生命中一个个不祥的噩梦。

他们活在过去，那些黄金岁月的每一天，至今仍在时间的大河里滔滔作响。他们也曾有过绝望的时刻，有过对似水年华的深深追忆；也曾有过迷失的时刻，无法在生命的镜子中照见自己；也曾有过被女人蔑视了爱情的时刻，有过渗着血的怀念；也曾有过无法听见声音的时刻，世间黯淡无光……他们无法阻挡被汹涌的岁月更快地带到暮年，但他们会使悲哀成为音乐，成为火热而又凄切的旋律，在每一个空虚的夜晚，反复来到世人无知的耳边。

在音乐史上，贝多芬是继海顿、莫扎特之后的古典主义与浪漫主义的桥梁。贝多芬于 1770 年 12 月生于德国波恩，其父亲看出小贝多芬的天赋，想把他培养成第二个莫扎特。所以坚持贝多芬学习钢琴。1787 年，到维也纳的小贝多芬被莫扎特发现，并说：“留心他！不久他将惊扰世界呢！”贝多芬没有让莫扎特失望，最终成为与莫扎特齐名的作曲家。在音乐史上，贝多芬的音乐是英雄心的表现，是其伟大灵魂的特征。他用傲岸的气质与绝大的自负心来同世界见面。他反对仅仅讨人喜欢的艺术与女性气的趣味，而忠于冥思苦想，以至谱曲时满头大汗。

为什么在贝多芬的音乐中有如此多的英雄主义的乐思呢？这与他的经历不无关系。从 1796 年起，他的听觉便开始减弱，这时他的音乐生涯未到夜班。在与同行的隔绝中，在自叹命运悲惨中，他立志继续与命运斗争。于是一大批伟大的交响乐作品问世了，其中《第九交响乐》是在他全聋的状态下出世的，这更说明这位英雄“要扼住命运的喉咙”的悲壮气质。

谈到贝多芬的英雄主义气概，不能不使人联想到《命运交响乐》。1807 年是贝多芬一生中比较悲惨的时期，耳聋已经确定绝望，与“不朽恋人”的婚约又遭破坏。种种悲剧最终爆发成《命运交响乐》。贝多芬却勇敢地战斗着。在给友人的信中，他写道：“我已经决心和自己的命运尽力战斗，无论如何不愿自己破灭。”这就是《命运交响乐》第一乐章的乐思。

死亡如同黑夜，是每个人的必经之路，但它的终点永远是个未知数。

人终将回到一个宁静的世界，也许是带着干净的灵魂，也许是带着一生的罪孽，但谁又能知道在另一个世间的命运呢？未知世界永恒的沉默助长了人间苦难的深度。苏联钢琴家里赫特在晚年一脸惘然，神情呆滞地说：“我已经厌倦了，我讨厌自己。”他已经走到了黑夜的尽头，放弃了所有的幻想。

同样是音乐中的精灵，贝多芬和勃拉姆斯在临终时会痛饮一口葡萄酒，而里赫特则蒙上了自己的双眼，等待死亡的召唤。如果他们同在天堂，贝多芬和勃拉姆斯会继续在音乐中畅饮葡萄酒，而音符将再也无法注入里赫特的心，因为他在死亡的同时把灵魂丢失了。

“灯亮了，我听到声音。有人在奔跑，在绝望地呼号。然而在另外的地方，有成千上万的孩子正在出生，成千上万的妇女将成为母亲：生命并不止于你和我。你死了。我恐怕也要死去。但这无关紧要。因为生命并没有死去，它存在，生命存在着。”

人总是要死的，即使你长得漂亮也不行，即使你手里握把丈八长矛也不行，即使你有宫殿有汽车有学问有真理有大印也不行。无论你曾经是在银行里取了巨款，还是吃过蟠桃、芒果之类，无论你在红地毯上听过二十一响，还是在痴情的床上升入了仙境……总有一天，人将再也站不起来，再也不知觉什么，再也与这世界毫无关系。但当那永恒的休息，最终的黑暗到来的时候，罐子被打碎，美酒的醇香却历久弥新，就像大师们的音乐和灵魂，弥散在后世的天空，征服着他们的臣民。

我想起了一个诗人瘦骨伶仃的诗句：

瞎了他能看见风景

聋了他能听见音乐

死了他能走向回家的路途……

不要惊动一只小翠鸟

这是一只快乐的小翠鸟，它同样带给我一种惬意，犹如一颗小石子敲开心底沉默的海，我有多久没这样真正地微笑了。

当微笑都变成奢侈的时候，我不知道，这个世界还有什么可以称得上是财富。

闪闪发光的金子吗？它们看似温暖，笑容可掬，实则诡异无常，无法抵达冰凉的内心。

我的咖啡壶正襟危坐，药瓶倒在它的身边。这好像是某种暗示，记录着某一个夜晚的挣扎。

每个夜里，我都在抵抗睡意，我要写下对世界的感受，因为只有夜里的我才是有灵魂的。久而久之，一生的睡意都被赶跑了，我开始失眠。

曾经，我就像一团火，可是却总是被扑灭，再燃起来，再被扑灭。我对生活的全部热情就是这样。仿佛也只有这样，自己才能够生存下去。我清贫地捂着伤口，常常在夜的阳台上望着前方高楼粉饰的霓虹，无论世界是怎么变成这样的，无论我内心的信念是否已完全坍塌，我们，谁都不能拒绝改变，即使以一种摧毁的方式！

渐渐地，微笑于我有些遥不可及。生活，不是不爱你们，只是我的爱，像我微弱的生命一样，无法完成它没有的足够火热的感情！

直到这只小翠鸟的出现，令我拾起了丢失许久的微笑。不要惊动一只小翠鸟，这份宁静的小小的幸福和快乐，是多久都不曾到来的啊！它和一个人奋斗多年，积累起来的财富比起来，一点都不逊色。

这只小翠鸟，让我知道了我最终想要的是什么。它不过在我的院子里驻足了几秒钟，而我一整天都在想念它。这无声的语言，能绵远地传递多少生命与生命无意间的安慰。像那美，在山巅或石畔，不一定全心为我们而开，不一定被我们亲手撷取，但它存在。

或许这就是为什么人们总会去爱——并不在于选择去爱会有何等意义，而是人们只有通过爱，才能享受到自己生命中喷薄而出的热情，享受到自己精神里那婉转旖旎的甜美眷恋。

那些微弱的美，细小的幸福和快乐，就如同那只飞进我院子的小翠鸟，它东瞅瞅，西望望，如同一个初来乍到的小捣蛋，马上要开始它的破坏行为。果不其然，它观察了一下四周，发现没有危险，便迅捷地飞上我的一盆正茁壮成长着的花，难道它看到那花上面有昆虫吗？这鲁莽的家伙，似乎不管那些，啄着那些花的叶子，像是在复仇。

我本想打开窗子，把它轰走，去拯救我那盆花儿，但我忽然停住了手。我想到席慕蓉的一篇散文《翠鸟》，她写了一只翠鸟意外地到了她的花园，啄食了她心爱的玫瑰花芽。可是结尾处她这样写道——“原来在片刻之前还是我最珍惜的那几棵玫瑰花树，现在已经变得毫不重要了。只因为，嫩芽以后还能再生长，而这只小翠鸟也许一生中只会飞来我的庭园一次。”

所以，我也没有惊动在那几秒钟属于我的那只小翠鸟。

把世界当成一朵莲花来爱

已近午夜，仍迟迟不肯睡去。总在固执地相信，这世上肯定有一双翅膀在所有脚步停歇的地方飞翔，有一枚花瓣在所有花香沉睡的时候独醒，有一双眼睛在所有火焰熄灭的地方燃烧，有一把提琴在所有声音喑哑的时候歌唱。

不是我心灵上盛开的花瓣，请不要挂满我的露珠，不是我杯中浮起的月亮，请不要沾惹我的泪水。我固执地想要飞走，不管在这里曾留下多少脚印，多少花香，多少火焰，多少歌声。我要飞走，把颗粒大小的背影也带走。我是个完美主义者，一个失败的习惯幻想的人。我要到陌生的地方行走，我要去高高的枝头经历风寒。

我终于愤怒地撕掉了那些被墨水腌渍过的稿纸，上面有我泛滥不息的谎言和唾液。我知道我曾经卖掉过我自己，像我的笔为了一些稿费卖掉我的纯洁和真实，像我的影子为了前程跑到灵魂的前面去。

在这个夜里，我消失了，正在与夜融为一体。

我终于没有再次点亮蜡烛，我站在窗前，等着月亮出现。

许多年了，都是这样悄然走过。眼睛还是那双眼睛，笔还是那只笔，却知道了把守自己。尽力不要再写出那些不干不净的字来，让思想中永远有睡莲的芳香。那一张张洁白的稿纸，是值得珍惜的雪地，还有映在上面的月光，是遥远的年代里流传过来的美德呵。

月亮迟迟没有出来，哪怕只露出一抹短暂的微笑，也能救我。我被捆缚在时间的雨里，任思念生满青苔。

莫奈在晚年画了许许多多的睡莲，他是如此钟情于睡莲，据说他临终前的遗愿竟是让人把他所画的睡莲置放在一个圆形的展厅里，让观众沐浴在这个“睡莲”盛开的“池塘”里。

多么美的一个愿望啊，可是有谁知道，莫奈这一幅幅安静的、精美的睡莲，竟是在病魔缠身的妻子撒手人寰的时候画出的。他能画出涂满阳光的精品，却没钱医治常年卧病在床的妻子，没钱喂养两个嗷嗷待哺的孩子。

这到底是谁的过错？

总以为厚厚的窗帘一拉上，便与这世界断了音讯。无奈电视和网络，杂志和晚报，仍在继续一幕幕恐怖袭击、飞机失事、自杀性爆炸、宗教冲突，一个混乱的世界，一个战火纷飞的地球。

哎，世界就是有这么多的烦恼。还是这个夜好，看，月亮终于出来了。靠近零点的门框里，一朵睡莲诞生了。它是燃起整个世界的那盏巨大灯笼的灯芯！

在这个夜里，我把丢失的一切都捡回来了。我把它们一一摊开，在生命的卧床上，像一只鸟梳理着自己的羽毛。我是那么愿意和它们，和每一个深深的夜，每一双凝神的眼睛，在这个世界的最深处推杯换盏，以心交心。

我渐渐忘却了白天发生的一切，我不再关心物价、住房和股市行情，只有一些老去的旧事，在眼圈里慢慢浮肿，并罩上一层月亮的光环。

既然，醒着有那么多的烦恼，那就睡下吧。睡了，这个世界就是一朵莲花。

一朵纤尘不染的莲花。

我在努力抱紧月光

这个夜晚可以触摸。

月光穿过树枝的筛子，落到我的身上。那是彼此爱着的月光。年轻的月光。浪漫的月光。

我在努力抱紧月光，却无法驱散上弦月的忧伤。尽管我知道，守着月亮，可以慢慢把悲苦的时光挨过。

那么美的月亮，也有它不被人知的苦难。它用洁白掩盖伤口，它用火焰照亮孤寂。它试图给我们的，总是它的笑脸。

生活是一团乱麻，线头揣在每个人心里。

年轻的我们，可能会犯很多错。一个接一个的去伤害别人，再绕道回来伤害自己。

我闻到了老故事里的膏药味。更确切点说，是狗皮膏药的味道。回忆总是婆婆妈妈没完没了，韩剧仍然是女主角在第 8 集打了一个喷嚏，打到第 80 集才抽出纸巾来。

记忆中的面貌模糊不清，片刻心动后又重新归于平静，所有感情都无疾而终，也许这就是生活吧。有人抱着当歌手的梦想在工厂里默默打工；有人奉子成婚，内心却波澜不惊地爱着另一个人；有人苦于爱人的花心，每天尾随着，捕风捉影；有人花钱大手大脚，过早地花掉积蓄而不得不出去打零工；有人把自己的爱写得很尖刻，满不在乎的语气中难掩悲壮的清醒；有人把自己的爱写得很缠绵，徘徊痛哭处，都是情感无处可归的尴尬和茫然。

爱太难。因这世上与爱相较量的东西太多！

我们能做的只有徒劳的记录，以此证明我们确实在这世上存在过。

生活不是为了在历史上留名，在别人的心中刻下自己的碑。因为你不能选择千百年后文字里淘汰掉谁的名字，也不能享用离开人世后你所不能见到的祭祀……

我在电脑前写作，妻子看着我的后背，说，你老了。弯腰驼背，赘肉横生。她问我，你怕老吗？我说，不怕，我在努力抱紧月光。

我们的身体，就像一个瓷器。因为年轻，闪着蓝色的光泽，甚至比月亮更美。但我们在渐渐衰老，光泽在慢慢褪去，隐藏在岁月背后的忧伤一股脑儿地涌出来，将我们慢慢地往前推，一直推到月亮跟前。还有些话要和月亮说，比如一些没能圆满的遗憾，比如一些没能承诺的誓言……月亮掏出手帕，安慰着一颗易碎的心："去吧，我在这里等你。"

喧哗着世人狂热的成功会突然之间静为空虚；标志着精神永恒的引领也会霎时湮没黑暗。当我回到自己质朴的生命，我发现，再多外部世界的光亮都不能代替由自己心灵点上的那盏橘黄的灯……

我在努力抱紧月光，努力让自己变得优雅。我怕争吵，怕那会伤了原本都是善良人的心；怕打斗，怕血流下的同时人们也不再控制自己的残忍；怕事故，怕那些带着完整躯体和灵魂的人在突然之间发现自己已支离破碎。怕纷争，怕告别，怕离弃，怕约好了又无法相见所带来的永生的遗憾。

想起白天在园子里的劳作：我努力清理几乎生了满园的枯菊梗。它们的根很浅，枝很细，然而在那个萧瑟的时节，它们以几乎见不到光的孱弱的身姿，将纤巧的花儿张开，让我在那些天里，总能犹如站在繁花盛开的山野，一朵一朵，摘得花香满怀。

我清理它们的身躯，怀念着它们映于我脑海的美丽，没有悲哀。因为我知道，这些枯干的菊梗，曾经那么倔强地爱过、灿烂过，也曾经像我一样，那么废寝忘食地抱紧月光。

月光慢慢注入我的灵魂，生命由此变得轻盈而温暖。